メディアワークス文庫

幸せは口座に預けることはできません
はみだし銀行員の業務日誌

高村 透

目　次

1　銀行：何かを生み出した気になっているだけの集団。他人の金を自分たちの金だと何の疑問もなく確信している。金持ちには椅子を用意するが、貧乏人には罰として立たせたまま事務作業をすすめる。役所の類義語。旧世紀に存在した。

ここにやってきてひと月半くらいたつけれど、それでも慣れないことがある。

たとえば、電車の音。

ぼくの住むアパートは沿線にある。線路とのあいだには車が一台なんとか通れるほどの道路しかなく、電車が通過する際のけたたましい音を防いでくれるものは何もない。フェンスだって金網のもので、これに遮音性を期待するのは酷な話だ。

たしかに最初は、滅多にない機会だと浮かれ、学術的興味から時間ごとに区切って電車の音を録音したこともあったが、一週間もすると飽きた。

そうなると電車の音はただの騒音だった。

休日、部屋でくつろごうと音楽をかけても、ちょうどいいところで電車が通過し、無遠慮な騒音がすばらしい音楽をかき消してしまう。映画もだめだ。ラストシーンの夢と現実の狭間《はざま》のような世界で、トム・クルーズが美しい女優にキスしたあとおもむろに口を開いても、彼が何を言っているのか聞こえない。たぶん、トムのことだからかっこいい科白《せりふ》を言ったのだと思う。というより、彼はどんな言葉でもかっこいい科白にかえてしまう。ぼくが同じ科白を言ったところで間違いなくさまにはならない。どんなくだらない言葉でも、たとえ額を地面にこすりつけながら金の無心をしたとしても、それはきっとかっこいい科白に聞こえるはず。彼はそういう俳優なのだ。

それだけに、ラストシーンの彼の科白が騒音のせいで聞こえないというのは、世のなかでも三番目くらいにはひどいことだと思うし、しかもその直後にトムが急にビルから飛び降りるわけだから、ちょっと待ってくれよと叫びたくなる。自分自身の感情がトムに追いつかないよと。ぼくのフラストレーションは否応《いやおう》なく高まる。読書だってだめだ。悲劇的な恋愛、生と死、様々な問題がそこには書かれていて、むろんぼくにも思うところはあるのだけれど、どうしてもこの騒音以上に切迫した問題には感じられないのだ。

これだけでも充分、ぼくの生活から人間性を喪失させるに足るのに、近所には踏切《ふみきり》があってこいつがまた四六時中キンキン、カンカン、やかましいのだ。もうどうにかなりそうだ。

だいたい踏切とは何なのだ。線路の上を歩かせるなど危ないではないか。それなのにこの時代の人々は踏切が上がれば平然と、しかもお年寄りでさえ線路を横断する。正気とは思えない。ぼくの時代でそんなことを市民に強要すればきっと犯罪になるだろうし、というかそもそも電車など存在しないのだが、いずれにしてもこの時代の感覚はおかしい。

二十一世紀。

ぼくはもっとすすんだ時代だと思っていた。

もちろん、すすんでいる部分もあるのだが、全体として考えるとそうでもない。進歩の度合いがいびつだ。踏切などはそのよい例だろう。高度な技術を持ちながら、その一方できわめてアナクロな手法を踏襲している。

お金：身分制度を理論武装した結果、誕生した代物。多くの人は絶対的な価値があると信じ込んでいるが、言うまでもなくそんなわけはない。実際、旧世紀の終わりとともに価値を失った。

いま、ぼくの眼《め》の前にはお金がある。

札束が三つ、三百万円。ぼくの年収とおおよそ同じである。

学説によると、この時代すなわち旧世紀では労働を多くの人が金銭を得るための手段だと考えているらしく、労働そのものに価値を見出《みいだ》していないようだ。文化人類学の権威であるアニミツタエラ博士はもっと踏み込んで、旧世紀における労働とは人間の原罪に対する罰であり、金銭を得ることでしかその罰から解放されず、また、基本的な人権も保障されないと言及している。あのアニミツタエラ博士がそう仰有《おつしや》っているのだ、きっと正しいのだろう。

いずれにしても、お金がすべてなのだ。

だからお金をめぐって犯罪が起きるし、ハンドバッグからさらっと三百万円を出した厚化粧の女が美的感覚を疑う紫とピンクのどぎつい服を着て横柄な態度で席に座って、二重顎をやや上げてカマキリのようなサングラスの奥から侮蔑の眼をぼくに向けてきても何も言ってはいけないのである。

彼女はお金を持っている。ぼくが汗水流して働いた一年分の報酬と同額のお金を、ポケットティッシュでも渡すかのようなぞんざいな所作で出してきたところからも、また、ぼくの網膜デバイスが自動解析して彼女に、

成金《なりきん》：悪趣味とともに大金を手にした者。暗い場所では紙幣に火をつけて灯《あか》りのかわりにする。

と、表示を加えているところからも、それが窺《うかが》える。もしかすると、ハンドバッグのなかにはもっとお金が入っているのかもしれない。

お金がすべてのこの時代においては、彼女はまごうことなき権力者だ。そのためいくら彼女がトンチンカンな服を着ていようと、もうちょっとダイエットしたほうがよくても、誰も何も言えない。おべんちゃらばかりが彼女に捧《ささ》げられる。

それは空虚な嘘《うそ》に充《み》ちた生活だ。たしかに彼女は成金で悪趣味で権力者ではあるけれど、果たして幸福なのであろうか。お金がすべてのはずなのに、幸福はお金だけでは得られない。実に複雑だ。いや、いびつだ。ぼくがこの一ヶ月半ずっと感じているいびつさは技術や制度などではなく、結局のところお金に起因しているのではないだろうか。お金のない時代からやってきたぼくにはそう思えてならない。

だが、この際はどうでもいい。

彼女がいびつな社会の被害者であったとしても、ぼくには同情を抱く余裕などない。彼女が多額のお金を持っているという事実のみが重要なのだ。

なぜならここは銀行で、ぼくはノルマに追われる銀行員なのだから。

「普通預金ではなく、定期預金にしてもらえませんか！」

定期預金のチラシを差し出すのと同時に、ぼくは額をカウンターにこすりつけて懇願する。

客観的に考えて、これが情けない姿であるのは理解している。トム・クルーズならもっとかっこよくできただろうけど、ぼくには彼のような魔法は使えないから、とにかく情に訴えるしかない。

しかし不思議な話だ。

人類が二十一世紀で一度歴史を終わらせた謎を解明するためにぼくは五百年の時を遡り、この国、この場所にやってきた。それなのに、ぼくはいま、口座開設にやってきた成金相手に定期の預金をお願いしている。

なぜこんなことになったのかと複雑な気分になることもあるけれど、とにかくこれはそういう話だ。

「……ありがとうございました」

頭を下げるのと同時に、ぼくの一縷《いちる》の望みであった成金の女は席から立ち、こちらに眼もくれず横柄な態度で去っていった。

結局、定期にはしてもらえなかった。

なぜなのだろう。べつに何かを売りつけようとしているわけではないのだ。ただ一定期間預けて欲しいと言っているだけなのに、皆、悪徳セールスにあったかのような顔つきになって、頑《かたく》なにぼくの願いを拒む。

　絶対に損はしないのに。

　いやそれどころか、わずかではあるけれど、利息がもらえる。たとえ途中で定期を解約したとしてもそれは必ずもらえるのだ。お得ではないか。なぜわかってもらえないのだろう。

　残念さと疲労感がない交ぜになった吐息をつき、ぼくはふとフロアを眺めた。

　昼のピークを過ぎたこともあって人数はまばらだ。

　ＡＴＭコーナーはそれなりに列をつくっている。もし彼らのうちの何人かが並ぶことに嫌気を起こして窓口にやってきたとしても、どうせ用件は預金の引き出しや送金だろうからこのため息まみれの窓口つまりローカウンターは閑古鳥が鳴くことになる。そういったものはハイカウンターで処理されるのだ。

　ハイカウンターというのは客を立たせたまま、もしくは一旦長椅子に戻ってもらって処理する窓口とでも言えばいいのかなあ。まあスピード重視のカウンターだ。

　先週はぼくもそこで作業に追われていたのだけれど、今週に入ってからはローカウンターを担当することになった。口座の開設、住所変更、時間のかかる作業を受け持つ窓口であり、客にもブース内の椅子に座ってもらって処理をすることになる。ハイカウンターにくらべれば長時間客と接することになるので、必然的にこのローカウンターが窓口にとっての営業の最前線と化す。

営業とは要するに、定期預金にお金を入れてもらうことだ。

普通預金だとだめらしい。なぜだめなのかよくわからないけれど、とにかく上司からそう言われた。

研究の結果、この時代において上司の言葉は絶対であると判明している。やれと言われたら自分のキャパシティーを超えていようとそれにチャレンジしなくてはならず、残れと言われたらどんな予定があろうとも無報酬で残業しないといけないらしい。

まだ封建制度の名残があるのだろうか。江戸時代（ニンジャなるスーパーヒーローがこの国を支配していた時代だと明らかになっている）が終わってから、まだ百五十年ほどしかたっていないのだから、きっと精神的なところで封建制度は残っているのだろう。ニンジャの主食だったスシを皆が皆食べるのも、その重要な証拠だとぼくはにらんでいる。

いずれにせよ、ぼくが未来人であることは混乱を避けるためにも絶対に気どられてはならないので、この時代の人間としてふさわしい行動をとる必要がある。すなわち、上司の言葉に従って営業成績を伸ばさなくてはならない。

とはいえど、ご覧のありさまだ。

ぼくはまったくと言ってよいほど営業ができていない。

事務処理自体はそれほど難しくはない。端末と呼ばれるコンピュータのような処理機を操作すればよいだけだし、その操作方法だって脳チップにすべてインプットしてあるので困ることはない。自動検索同様、網膜デバイスに自動で表示される。人体の機械化様々である。

二十一世紀の人々はこうした補助なく仕事をしているのだから驚きだ。

ぼくのこの驚きは、どう言えば伝わるのかなあ。まあ氷売りから氷を買ってそれを冷蔵庫に入れることで食べ物を冷やしていたとか、テレビが高級品だった時代には損料屋からテレビをレンタルしていたとか、そういった事実を知ったときの驚きとは同じではないな、ちょっと違うなあ、うまいたとえが浮かばないし、だんだん何を言いたいのかぼく自身わからなくなってきた。

でもとにかくひとつ言えるのは、未来の技術がこと営業ノルマの達成に関して何の役にも立たないということで、だからぼくの営業成績は振るわず、結果的に上司の言葉に背いてしまっている。

最悪の場合、ぼくはセップクすることになるかもしれない。

セップク：腹をかっさばくこと。伝統的な責任のとりかた。自らの腹を切り開くのは嘘偽りのない心を衆目にさらすためだと考えられ、二十一世紀においてもセップクは横行した（アニミツタエラ博士『旧世紀の民族』）。

なんでも自分の腹をかっさばくことがこの国の伝統的な責任のとりかたらしい。そんな馬鹿なと最初の頃は鼻で笑って信じていなかったのだけれど、テレビのコメンテーターが不祥事を起こした政治家に、「これはセップクものですよ！」と激しい剣幕で怒鳴っていた姿を何度となく見たことがあるし、三日ほど前に読んだある作家（**三《み》島《しま》由《ゆ》紀《き》夫《お》：日本を代表する作家のうちのひとり。男の肉体描写に定評がある**）の小説ではセップクの官能性についてこれでもかと圧倒的な筆致で書かれていて、ああもうこれは本気なのだと、日本という国はそういう国なのだと確信するにいたった。

そういえば何度か、「このままだとクビを切られるよ」と上司の浅沼《あさぬま》課長に茶化すように笑われたことがあるけれど、もしかするとクビを切られるというのは介錯《かいしゃく》のことを意味していて、暗にぼくにセップクの準備をしておくよう促していたのかもしれない。つまり彼がニコニコ笑っていたのは冗談だからではなく、セップクは戦士としての誉れだとぼくに伝えたかった？

「ほら見なさいよ」

鈴のようなよく透る声がするのと同時に、背もたれに身を預けていたぼくの顔近くに用紙が突きつけられる。

定期預金の証拠書だった。六百万円が三年定期で申し込まれている。

すごい額だ。

感心しながら突きつけてきた彼女に視線を送る。

わずかにつり上がったその大きな眼は気の強さを宿しているが、どちらかというと丸顔に分類されるその輪郭がきつさをうまく消している。また、つやのある長い黒髪をひとつにまとめて片方の肩から流しており、それが彼女の全体的な印象に純朴さや幼さを加えている。

彼女は、ここ、みらい銀行の制服を着ていた。お世辞にも高いとは言えない身長のせいもあって、あまり似合っていないというか、むりやり着せられているように見えてしまうのだけれど、一応ぼくと同期の新入社員である。

篠塚亜梨沙《しのづかありさ》といった。

同じ新人であるし、円滑に調査をすすめるためにも、彼女とはできる限り仲よくしたいと思っている。

「今日だけで一千万円の大台に乗ったわ。あなたはどうなの？　まあ、わたしのブースにもあなたの同情を誘う懇願が聞こえてきたけど、百万円？　三百万円？　いくら入れてもらったの？　もしかして入れてもらっていないの？　それは残念、頭の下げ損ね。けれどあなただって悪いのよ、頼み込むだけだなんて営業とは言えないのだから。わたしのやりかたをよく見ておくことね」

と、勝ち誇ったかのように亜梨沙は早口でまくし立てる。

そうなのだ、彼女はどういうわけかぼくに敵愾心《てきがいしん》を燃やしている。ことあるごとに突っかかってきては、何やら早口でまくし立て、論戦を挑んでくる。好戦的だ。

この時代は男と女で互いの社会的地位をめぐって血で血を洗う抗争を繰りひろげていたと聞いている。

やはり彼女も同期とはいえ男であるぼくを宿命的に打倒せざるを得ないのだろう。

いやあるいは、この同期というのがまずいのかもしれない。

ぼくと彼女は同じ新人ではあっても、ぼくが総合職であるのに対して彼女は地域採用職である。たとえるなら非キャリアだろうか。ぼく個人としてはそこに優劣などないように思えるのだけれど、彼女はそう思ってはいなくて、同期で対等な関係を築くために自らの能力を誇示し、地域採用職だからといって侮るなと主張しているのではなかろうか。

「どうして何も言わないの？　ひょっとして口惜《くや》しいの？　それはそうよね、あなたはいずれ本社に戻って出世して、最終的に支店長となって現場に戻ってくる総合職さまだけれど、わたしはずっと現場で使い捨ての兵士のように扱われる地域採用職だものね。そんなわたしに、しかも同期であるこのわたしに負けるだなんて恥ずかしいものね。でもいいのよ、誰にだって不得意なことはあるわ。たとえばわたしは麺を啜《すす》るのが不得意で、おそばでもラーメンでもパスタみたく箸に巻きつけて食べるのだけれど、そういうことをすると決まって周りから変な眼で見られるのよ。とくにおじさま世代からね。マナーに欠ける行為だとは重々承知しているけど、できないのだから仕方ないじゃない。あなたもそう思わない？　思うの？　思わないの？　そうね、せっかくだから、あなたは擁護派に回って、わたしはできようができまいが何が何でもマナーには従わなくてはならない派になるわ。この際徹底的に討論しましょう」

亜梨沙の話は早口で聞きとりにくい上に、やけに長く、脱線も多い。

つまり何を言っているのかよくわからない。

この一ヶ月半、彼女とはそれなりに交流を持ったというか、一方的に突っかかられてきたけれど、やはりどの場面でも彼女はなにやらよくわからないことをべらべらと喋《しゃべ》って、議論をふっかけてきて、嵐のように去ってゆく。そして彼女が去ったあと、ぼくの胸裏に残されるのはいつも敗北感だった。

「ずっと黙《だん》りね。そんなにわたしに負けたのが口惜しいの？　でも仕方がないわ、あなたは負けるべくして負けたのよ。何度もわたしたちはこうして勝負をしてきたけれど、あなたは毎回同じ戦法で、同じ間違いを犯している。だから負けるのよ。理由のない勝利はあっても、理由のない敗北は絶対にないの。それを次までによく考えておくことね。あー、勝った勝った。とても気分がいいわ」

と言いたいことを言って亜梨沙は自分のブースに帰っていった。

またぼくの胸に敗北感が生まれる。

いや、べつにいいじゃないか。

ぼくはそもそも学者だ。この時代を調査しにきた研究者なのだ。営業ができないからってなんだ。銀行員なんて仮の姿なんだ。馬鹿にして。何が理由のない敗北は絶対にないだ。いいことを言うじゃないか。でも、べつに口惜しくなんかない。そりゃそうとも、何度も言うけれど、ぼくは学者で、調査のためにここにやってきただけで、決して定期預金の額を競うことを目的にはしていないのだ。だからまったく、全然、口惜しくない。むしろ清々《すがすが》しいくらいだ。ああ、早く家に帰って論文を書かないとな。

腱鞘炎《けんしょうえん》になるくらい書かないとな。この際、論文を書きながら映画も見てやろう。ポップコーンも呆《あき》れるくらい食べてやろう。充実しているなあ。ほんとうに口惜しくないなあ。


「ぼくはとっても口惜しいんだ！」

夜の公園、ぼくはブランコに乗って慟哭《どうこく》した。

胸一杯になぜと知らぬかなしみが溢《あふ》れていて、それが春と夏のあわいを抜けた風によって砂のようにさらさらとどこかに飛ばされてゆく。

なんともやりきれない気持ちになりながら、透明な瓶に入った日本酒をあおる。

そんなぼくの肩にそっとリョータの手が置かれる。

「おまえの気持ちはよくわかる。口惜しいよな、カマゼオレ」

「だめだリョータ、ぼくの本名を言っては！」

ぼくたちははっと周囲を窺う。欠けた月とぼんやりとした外灯の光だけではよく見えない。しかし幸いなことに網膜デバイスに生体反応なしと表示されたため、ほっと胸をなで下ろす。

申し訳なさそうな顔でリョータが言った。

「うっかりしていたよ。ミヤモトカズマだったな、二十一世紀でのおまえの名前は」

「この時代ではちょっとでも不審な行動、あやしい発言をすれば、エンジョウしてしまうんだ。きっとエンジョウと言うくらいなのだから、ぼくは燃やされてしまうのだろう。学識の崇高な前進のためとはいえ、燃やされるのは恐ろしい。口はわざわいのもとだ。お互い気をつけよう」

「ああ、そうだな。注意しよう。しかし、エンジョウか。異端者を火刑に処していた時代があったそうだが、きっとそれが復活したのだろうな。セップクといい旧世紀とはなんて野蛮なんだ。これではまるで未開の地に迷い込んだみたいだ」

リョータは小石を蹴り、悪態をつく。

彼もぼくと同じ未来人で、調査団の一員だ。このエリアの班長でもある。

専門が芸術学、具体的に言うと映画学で博士号を取得したことを考慮され、普段彼はレンタルビデオ店で勤務している。ぼくが映画をよく観《み》るようになったのも彼の影響が大きい。

なぜレンタルビデオ店なのだと、どうして映画の制作会社に入れてくれなかったのだと顔を合わせるたびに愚痴っているけれど、自分の専門分野に関係する職に就けただけよいほうだ。

ぼくなんて専門は文化人類学なのに銀行で働かされ、そこの実態調査を命じられているのだから。

まあ生活様式やものの考えかたなどを比較研究し、人類共通の法則性を発見するのが文化人類学なのだから、ひろい眼で見れば銀行を調査するのもその範疇《はんちゅう》と言えるのかもしれないけれど、お金など存在せず信用が一切の価値基準となっている未来においては、銀行の調査や研究なんて知的好奇心を満たす程度の役割でしかない。つまりが第二線級の研究なのだ。

そもそも旧世紀の存在が明らかになったのはつい最近のことだ。かねてからその存在は疑われていたが（きわめて高度な技術を持った状態からぼくらの文明がはじまっているため）、旧世紀に関係する文献や遺跡は一切残っておらず、オカルトの域を出なかった。しかしワームホールを通航していた宇宙船団が潮汐《ちょうせき》事故に巻き込まれ、偶然にも二十一世紀へのタイムトラベルに成功したことで状況は一変する。

世間でにわかに旧世紀ブームが起こると、その熱に後押しされるかのようにオカルトは正式な研究対象となり、代表協会（二十一世紀風に言えば国連）主導のもと著名な研究者やエージェントが集められ、失われた旧世紀を明らかにするため二十一世紀に派遣されることになった。

これが第一次調査団だ。

彼らの調査及び研究によって、繁栄の限りを尽くした人類が二十一世紀に突然国家、社会、経済、ありとあらゆるものを解体し、新世紀とともにまったく異なる人類社会を開始させたことが明らかになった。しかし具体的に何年の何月に、また、どのような理由によってそのような行動に出たのかは依然として不明のままである。

この謎、いわゆる「空白の二十一世紀」を解き明かすのが現在の調査団の大きな目的で、主要な調査は多くの人の期待を一身に背負った第一次調査団に任されている。ぼくら第二次調査団が調査しているのはそのあまりもので、はっきり言って重要度の低いものばかりだ。彼らが一線、ぼくらが二線と呼ばれるのもそのためだ。

二軍と呼ばれないだけマシだと思うけれど、それでもやはり心の奥にしこりのようなものができていて、それは日増しに大きくなっている。

ぼくは慣れない酒をまた飲んだ。喉の奥が熱くなり、何かがこみ上げてくる。

「ねえリョータ、きみは現状に満足しているかい？」

「していない」

と苦々しそうに言ってからリョータは酒を一気にあおった。それから、たまっていた鬱憤を晴らすかのように大きな声で言った。

「知っているか、一線の連中は国家や大企業の中枢に入り込んで、スパイ映画みたいなかっこいい仕事を任されているんだぜ。いいよなあ。おれだってそういう仕事をやってみたかったたよ。レンタルビデオ店の店員じゃなくてさ」

リョータはさらさらとした長い髪をかき上げ、眉宇にかなしみの気配を漂わせる。かけるべき言葉がわからなかったぼくは、そんなリョータを無言で見つめる。

鼻筋が通っていて、また彫りが深い。ひとつひとつのパーツがはっきりとした濃い顔立ちだ。背はぼくより高く、脚が信じられないほど長い。

しかしそれらは偽りのものだ。

ぼくたち未来人は混血がすすみ、民族という概念がなくなっている上に、遺伝子デザインによって設計されて生まれてくる。そのため、二十一世紀のどの民族とも容姿が異なる。あえてたとえるなら、映画の『ロード・オブ・ザ・リング』に出てきたエルフ、これにぼくたちは似ているのかなあ。

まあそんなぼくたちが二十一世紀の、この日本社会に紛れ込もうとしたってむりがあるのは誰の眼にも明らかだったので、偵察隊が持ち帰った資料を参考にして再デザイン（**：容姿を再構築すること**）を受けることになった。のちにその資料が、古本屋から手に入れた九十年代のファッション雑誌で、二十一世紀においてもちょっとした骨董品《こっとう》だったという残念な事実が判明するのだけれど、とにかくそれをもとにして日本人風の容姿になった。

リョータもそのなかのひとりだ。

もともとの容姿を捨て、再デザインを受け、さらさらのロン毛を手に入れた。ぼくたち研究者のなかでもさらさらロン毛は、馬鹿ウケだった。それはちょっとないよと、きついよと笑ったものだった。けれどリョータは真剣だった。ぼくらを一喝して、

「社会のためにやるべきことをやるだけだ」

と言った。

ふざけていたぼくらは恥ずかしくなった。彼の純潔性がまぶしく思えた。きっと彼のような研究者が大いなる敬意を勝ちとるに違いないと口々に言い合った。間違いなく彼は二十一世紀社会にとけ込み、すばらしい調査を行うだろうと。

けれど彼のさらさらロン毛は二十一世紀においてもきついものだった。調査先のレンタルビデオ店では女の子たちに笑われ、店長からも気持ち悪いから切っちゃいなよと言われているらしい。

つらいなあ。

ぼくだったらたえられないし、さっさと切るだろう。しかしリョータは切らない。そこにぼくは、彼の調査員としての心意気を感じる。ぼくにはそういったものがない。

ふと、月影に照らされて酒に映るおぼろなぼくの顔を見た。

童顔で色白、眼は大きいがやや丸みがある。この時代の人間と見分けはつかない。でもぼくは、再デザインはおろか遺伝子デザインすら受けていない。精卵提供者、二十一世紀風に言うならぼくの両親はネイチャリストだったので、自然体児として生まれたのだ。

遺伝子情報によると、ぼくの血筋は代々そうらしい。ネイチャリスト自体はそれなりの数がいるけれど、代々となるときわめてめずらしい。おかげでいわれない差別を受けることもあった。

その一方で、いいこともあった。調査団に選ばれたことだ。

白状するとぼくは研究者としては半人前どころかまだ博士号すら取得していない。学会でもたいした発表はできていないし、担当教官にはもう少しうまく論文を書けないのかといつもどやされていた。当然、二線のなかでぼくの名前を知っている人はひとりもいなかった。

そんなぼくが調査団に選ばれたのはやはりこの容姿のおかげだ。

再デザインというと、いかにも気楽にころころ顔を変えられる魔法のような施術だと思われがちだが、実際にはそんなことはない。ひとつのプロジェクトチームをつくらなければならないほど大がかりなものになるし、時間もかなりかかる。しかも、もとの顔に戻そうと思っても、完全にもと通りにすることはできないので、志願者にはとんでもない覚悟と代表協会には尋常ではない補償が必要になる。

その点、ぼくは簡単だ。どうも日本人の血を色濃く残しているみたいなので、そういった手間をかけず簡単に、かつ気楽に二十一世紀へ送り込むことができる。

要するに都合がよかったのだ。

決してぼくの能力や学識が認められたからではない。

あらゆる意味においてぼくは期待されていないし、ぼく自身も自分の研究に期待していない。リョータの境遇についてはその限りではないけれど、ぼくの調査先が銀行になったことは仕方がないと思う。

そう思うことにした。

「そろそろ帰るよ。いつまでもふたりでたむろしていると、誰かが警察に密告するかもしれないし」

残った酒を一気に飲み干してから、ぼくはブランコから立ち上がった。わずかに目《め》眩《まい》がした。何度飲んでもアルコールには慣れない。

「大丈夫か」

とリョータがふらつくぼくを支える。彼の腕をつかみながら、ぼくはにっこりと微笑《ほほえ》む。

「たぶん、大丈夫」

「そう。今日は愚痴ばかり言って悪かった。今度の定時連絡では、おまえがあっと驚くような報告をしてやるよ。世紀の大発見だ。一線がなんだっていうんだ」

「あきらめないのはきみの美点だね」

「研究者としての当然の資質さ」

リョータもにっこりと、眼を糸のように細めて笑った。

それからぼくは彼に別れを告げ、考えごとをしながら歩いて家に帰った。部屋着に着替えることなく万年床の布団の上に倒れ込み、自分のこと、二線のこと、研究のこと、二十一世紀のこと、銀行のこと、未来のこと、それらに対して何らかの結論を出そうとしたが、結論といってもいったいどんな結論を出せばいいのか自分でもよくわからなくて、でも焦燥感に駆られ意味も答えも結論もなく考えつづけた。

こんなときは映画を観よう。映画がぼくの気持ちを代弁してくれたり、または新たな気づきを与えてくれたりするはずだ。そう思って『青春の蹉跌《さてつ》』を観た。控えめに言っても傑作だった。けれど思った以上にその映画で表現されている焦燥感や虚無感は、ぼくのそれとは乖離《かいり》していて、慰めにはならなかった。むしろ少し落ち込んだ。

朝、五時半に目覚めると、てきぱきと支度を調え、配給食としてもらったゼリー飲料を飲む。

このゼリーは二十一世紀の食事に適応できない者が非常食がわりに飲むもので、すっぱい上に薬品の味がすると調査団のあいだでは大変不評なのだが、ぼくはこれが変に好きで毎朝三本飲んでいる。

難点はおしっこが近くなることだ。でもまあおいしいのだからそれくらいは我慢しよう。最悪、膀胱《ぼうこう》炎になってもいい。惚《ほ》れた者の負けという言葉があるみたいだけど、ほんとうにその通りだと思う。

ゼリーを飲みながら手帳くらいの大きさの無線スキャナーをとり出して、それで新聞をスキャンしてゆく。情報は自動的に脳チップにとり込まれ、ぼくの好みの情報が網膜に表示される。

同時に、二線メンバーの活動報告書も表示された。これもチェックしておかなくてはならない。

充実した朝のひとときを過ごすと、足早に駅へ向かう。

新入社員は先輩社員よりも早く出勤しないといけない。それくらいぼくだって知っている。先輩方は、べつに遅くてもいいよと言ってくれるが、それがただの建前であることも知っている。言葉を額面通りに受けとってはならないのだ。二十一世紀は実に複雑だ。

満員電車：地獄。または、サラリーマンのほんとうの戦場。

何回乗ってもこの満員電車というものには慣れない。息苦しいし、押しつぶされそうになるし、当たり前のように足が踏まれる。

雨の日なんて最悪だ。車内は異常なほどじめじめして、蒸し暑さと不愉快さのあまり気を失いそうになる。事実ひと区間ほど意識が飛んだことがある。というか、ぼくはかねてから思っていたのだけれど、これほど劣悪な環境に長時間人を立たせるというのは人権侵害じゃないのかな。ようやく着いたと思って車内から出たらそこはまったく見たことのない土地で、ホームには浅黒い肌をした奴隷商人がにこやかに立っていて、彼らの手引きでどこぞの富豪に売られてしまうことになってもきっとぼくは不思議に思わないだろう。つまり、満員電車とは二十一世紀的解釈が行われた一種の奴隷船だ。そう思わざるを得ない要素が多分にある。

店に着く頃にはぼくはすっかりへとへとになっていた。

ひと仕事終わった感覚だった。この感覚を主観的な時間で表現するなら午後四時くらいだ。あとちょっとで仕事が終わりそうな気がしているのに、実のところまだ仕事ははじまってもいない。心が折れそうだった。

それでもここで帰るわけにはいかないと両頬をたたいて気合いを入れなおし、改めてわが職場を見つめる。

みらい銀行桜ヶ丘支店。

二階建ての建物で、その形は定規で線を引いたように真四角だ。また、外壁に用いられた大理石とその箱形のフォルムが相まってずっしりとした重厚感がある。なんとなく偉そうだ。

表の入り口にはシャッターが下りている。裏口に回って鞄《かばん》から社員証をとり出した。ぼくの顔写真が写っていて、名前も記載されている。偽造ではなく正真正銘ほんものだ。

この社員証にしてもそうだけれど、ぼくらの戸籍や学歴、住所などはすべて一線が用意してくれたものだ。ぼくら二線がこうして調査にうち込めるのも、一線が二十一世紀の人間として問題なく暮らせるように環境を調えてくれたからで、それには相当の苦労と困難があったと容易に窺えるだけに、たとえ待遇に差があったとしても彼らのことを悪く言うのは気が引ける。リョータは違うみたいだけれど。

社員証をカードリーダーに読みとらせると、裏口の鍵がいかにも機械的な音を立てて開いた。ぼくらの時代感覚からすれば原始的な装置に思えるし、セキュリティーの強化のためにこの装置を導入したと聞いたときは二十一世紀とはなんて牧歌的な時代なんだと驚いたものだが、だからといってぼくはこの装置を否定したくはない。むしろ好きだ。からくりじかけみたいでかわいい。ぼくら未来人が忘れてしまった侘《わ》びとかさびとか、そういうものがこの装置につまっているような気がしてならない。

いつかもとの時代に帰ったら、この名前のわからない解錠装置をひろめてやろう。もしくは、レプリカをつくって資料館に展示しよう。きっと日々の生活に疲弊した多くの人の心に、懐かしさに包まれた安らぎをもたらすことだろう。

すばらしい考えだ。ぼくはにやけ面になりながら建物のなかに入る。そして靴を脱いで下駄《げた》箱に突っ込み、二階に上がった。

二階には、主に外回りを担当する渉外部の事務室のほかに更衣室がある。あとは給湯室や休憩室も。いずれも社員専用でお客さんが入ってくることはない。

男性用の更衣室に入る。

狭い空間にずらっとロッカーが並んでいた。自分のロッカーを開けて、そこに吊《つ》ってある制服に着替える。ジャケットとズボンは一般的なスーツと変わらない黒地のものだが、ネクタイにはみらい銀行のマークが織り出されている。なんでも現在、銀行業界に制服ブームが訪れているらしい。そのあおりでみらい銀行においても一時は廃止されていたのが、つい一年前に復活したそうだ。

それは親しみやすさの観点から復活させたらしい。制服を着ると親しみやすくなるという二十一世紀的感覚はよくわからないのだけれど、まあ制服に着替えると、よし頑張って仕事をするぞという気分に自然になるので悪くはない。

ロッカーに備えつけられている鏡で自分の制服姿を確認する。いかにも入行したばかりの新人といった感じだった。どうしたら馴染《なじ》むのだろう。もっと腹が出て、貫禄《かんろく》がついたらよいのだろうか。

そんなことを考えながらロッカーを閉じ、更衣室から出ようとする。すると、ぼくがドアノブに手をかけるより先にドアが開いた。誰だと思って顔を上げるとそこに立っていたのはぼくの上司であり、また気難しい性格として有名な浅沼課長で、彼の卵のようなつややかな肌と眼鏡の奥のつぶらな瞳を見てそういえば自分はこの人からセップクを促されているのだと思い出し、一気に血の気が引いた。

しかし浅沼課長は事務的な調子でおはようと言って、ぼくの横を素通りした。セップクのことも営業成績のことも何も言わなかった。

もしかすると彼は、ぼくにセップクなどさせたくないのではないか。ほんとうはやさしい人なのでは？

いや、仕事にはきびしかった。

少しでもマニュアルと違う処理をすると怒るし、ハイカウンターでもたもた端末をたたいていようものなら人を殺しかねない眼でにらまれる。

その意味では、とてもやさしいと形容してよい人ではない。恐ろしい人だ。

やけにベビーフェイスなのも恐ろしい。お笑いという凶悪な娯楽（∵ボケと呼ばれる人物が一方的に暴力を振るわれる様を見て楽しむもの。なお、ボケとは馬鹿や阿呆《あほう》といった言葉に類するもので、殴られているのにへらへらしている当該人物をあざ笑ってそう呼ぶのだと思われる）のマニアだと噂《うわさ》では聞いているが、きっと事実なのだろう。そうに違いない。彼はバイオレンスを愛する危険な人物なのだ。彼が何も言わないのも、つまりは怯《おび》えるぼくの反応を見て悦楽に浸りたいからなのだ。

ぼくは抗議したい思いに駆られたが、上司に逆らうなんてそれこそ封建的な二十一世紀では許されるはずがない。黙ってたえるしかないのだ。

「今日も頑張ってね」

ふいに浅沼課長がいかにも何気ない様子で言う。そして軽く微笑んだ。

なぜ笑えるのだ。頑張ったところでセップクを強要するくせに。いや、だからか。ぼくの滑稽な姿を見て楽しんでいるのだな。この極悪人め。

ぼくは顔を引《ひ》き攣《つ》らせながら、逃げるように更衣室から出た。

どうして二十一世紀はこうも殺伐としているのだろう。階段を下りながらふと思った。セップクだとかクビ切りだとか馬鹿げている。なぜ平和的に、穏便に事態を解決できないのだろう。

あまりに野蛮だ。

そんなふうだから、歴史が二十一世紀で終わることになったんだ。きっととんでもない戦争を起こしたに違いない。全世界を巻き込んだ破滅的な戦争によって人類は滅んだのだ。ぼくら未来人はその生き残りだ。そう考えるとつじつまが合う。なんだ、やっぱり戦争か。一線が国家の中枢に入り込んでいるのも、戦争が西暦を終わらせた原因だと思っているからなんだな。つまらない結論だけれど、どうやらそれが正解らしい。

しかしそうなると、いよいよぼくら二線はおまけだ。調査をすすめたところでいったいそれが何になる？　何にもならない。すべて無意味だ。

急に途方もなくかなしくなった。

階段の踊り場で足を止め、ぼくは涙をぬぐった。やっぱりつらかったのだとしみじみ思った。こんなよくわからない銀行で命をかけて働かされるのも、誰からも期待されないのも仕方のないことだとさも割り切って受けいれた顔をしておきながら、ほんとうはまったく割り切っていなくて、ただの強がりで、ずっと嫌だったのだ。

「え、泣いてるの？」

間の悪いことにぼくがいまもっとも会いたくない人物である篠塚亜梨沙が階段の上から声をかけてきた。

ぼくはばつが悪くなってうつむいた。放っておいて欲しかった。しかし彼女は階段を下りて近づいてくると、無遠慮にぼくの顔を覗《のぞ》き込む。

「おはよう、カズマくん。今日はいい天気ね。ところでどうして泣いているの？」

「放っておいてよ」

「それはできない相談よ。だって気になって仕方ないもの。あなただって、朝早くから踊り場でわたしがしくしく泣いていたら、どうしてしまったのだろうって気になるでしょう。それと同じよ。だいたいね、こんなところで泣くというのは、誰かに慰めて欲しいからじゃないの？　そうでなければもっと人眼のつかない場所で泣くべきよ。わたしの主張は間違っているかしら」

なぜ彼女はこうもデリカシーに欠けるのだろう。ぼくは少し腹が立って彼女を押しやり、険のある声で言った。

「ぼくはもうじきセップクになるんだ。無意味な仕事で、無意味に終わってゆくぼくの気持ちなんてきみにはわからないだろう」

「切腹？」

と亜梨沙はその整った眉宇を乱す。

ぼくは自らの人生の悲哀を感じながら言った。

「ぼくは浅沼課長に言われているんだよ、このままだとクビになるって。きみとは違って営業成績が悪いからね。もう終わりさ」

「ああ、切腹ってクビのこと？　変な隠語ね。はじめて聞いた。いったい誰が言っていたの？」

「そんな話はどうでもいいよ」

「ええ、そうね、たしかにどうでもいいわね。まあ、雰囲気を出しているところ悪いのだけれど、とくに気にする必要はないと思うわよ。新入社員の営業成績が悪くてもそれは自然なことでしょうし、むしろそれはあなたではなくあなたの上司が責任を負うべき事柄ではないのかしら。いずれにせよ、ひとつたしかなのは、そんなことでクビになったりしないわ。とくにあなたは総合職、幹部候補なのよ。まあ課長としては、現場の苦しみを知って本社に帰ってもらいたいんじゃないのかしら。ときどき本社は現場を無視した要求を突きつけてくるし。あなたもそう思わない？　わたしは毎日思うわ。いえ、毎日思い過ぎて、最近では本社という単語が出てくるだけで奇声を発しそうになるわ。あなたにはそういう経験がない？　たとえば、そうね、あなたがフェイスブックにアクセスして、昔好きだった人が登録していないか探したとするわ。あなたは一時間ほどかけてついにその人を見つけ出すのよ。あなたは胸を高鳴らせて、あの可憐《かれん》で美しかったきみはいまどうしているのかとその人のページを見にいくのだけれど、そこにでかでかとアップロードされていた写真には、日焼けサロンで焼いた肌とジムで鍛えた肉体が自慢の悪ぶった男、当然髪型はツーブロックよ、そんな男とクラブで抱き合っている姿が写されていたとしたら、あなた、叫ばずにはいられないんじゃない？　あの頃はもう戻ってこないのだと実感せざるを得ない……」

「だから、そんな話はどうでもいいんだって」

早口で、しかも関係のない話を延々と喋りつづける彼女に、ぼくはたまらず声を上げた。まあたしかに、昔好きだった人が性別を変えたと知ったとき、ぼくは街中を走り回って何とも言えぬ魂のひずみを声に出したい衝動に駆られた。ぼくにもそういう青い時代があった。それは認めよう。

だがそんなことはいまはどうでもいいはずだ。

彼女はもっとまじめにぼくの話を聞く必要がある。なぜならこれはぼくだけに限った話ではなく、いつか彼女にだって降りかかるかもしれない話なのだから。

「いいかい、この時代の社会は残酷で無慈悲だ。これは疑いようのない事実なんだ。ぼくらは消耗しながら、無意味な仕事をつづける。たとえば、ぼくらはいま試用期間にあるわけなんだけど、ひどい言葉だと思わないかい？　試用だって！　まるでぼくらをもの扱いだ。いや、実際に経営者は消耗品と見なしている。人材の育成や社会貢献なんてまったく考えていない。ほんとうに無意味だ。わかるかい、彼らは金のことしか考えない亡者なんだ。だから金にならないと判断されれば、これさ」

介錯で首が落とされる仕草をする。

これで亜梨沙にもぼくらがどれほど危険な状況に立たされているのかわかってもらえたことだろう。

とはいえど、もしかすると恐怖心をあおり過ぎたかもしれない。いくらデリカシーに欠けようが、小うるさかろうが、彼女とてうら若い乙女なのだ。悪いことをしてしまったのかもしれない。

ちらと彼女を見た。

青ざめて恐怖に震える彼女を想像していたのだが、実際の彼女は呆れたような顔つきでぼくを見上げていた。

それからため息とともに首を何度か振って彼女は言った。

「あなたって帰国子女だった？　いえ、帰国子女だからって一般常識がないと決めつけるのは差別的ね。撤回するわ。それはそれとして、あなたは色々と誤解している。知識に偏りがあるんじゃない？　正しい思考は正しい知識によって生まれるものよ」

「つまり、ぼくの認識に間違いがあると？」

「そういうこと。少なくとも、無意味な仕事なんてこの世にはないわ。あなたの見方が偏狭なだけよ」

思いがけない言葉を浴びせられ、ぼくはかたまってしまった。

偏狭だって？

しかし彼女はそんなぼくを見ても何も言わず、それどころか会話は終わったと言わんばかりの態度でくるりと背を向け、階段を下りてゆく。はっとなってぼくは呼び止めた。

「待ってよ」

振り返った彼女の顔は、窓からさし込む朝日のなかにあっても淡い月の影を受けているようだった。

「何をぼんやりしているの。そんな時間はないはずよ。さあ早く窓口に行って準備をしましょう。今日もあなたをうち負かしてあげるわ。そうそう、うち負かすで思い出したのだけれど、このあいだ一緒にレンタルビデオ店に行ったとき、あなた、『白蛇抄』という映画を借りていたじゃない？　わたしも気になって昨日借りてみたのだけれど……」

と、着地点の見えない話をべらべらと早口で喋り出す。

黙って佇《たたず》んでいれば深窓の令嬢のような雰囲気があるのに、口を開けば言葉という弾丸を乱れ撃つ機関銃のようだ。しかも何が言いたいのかいまひとつわからない。

だが見方を変えれば？

喋り出したら病的に止まらない同期、面倒な女、そういった主観のフィルターをとり除き、ひとりの銀行員として改めて考えてみると、彼女には参考にすべき点が多々あるように思えた。というか、彼女はぼくなんかよりよっぽど営業成績がよく、新人でありながら立派にこの桜ヶ丘支店の戦力になっているのだ、参考にならないはずがないのだ。

この延々とつづく話も、まあずっと聞いていても何が言いたいのかやっぱりわからないのだけど、なんだか気圧《けお》されてしまうところがあって、場の主導権を自然に譲渡してしまいそうになる。いや、実際に譲渡しているのだ。だから彼女は話をやめない。こういう押しの強いところが、きっと営業成績のよさにつながっているのだろう。

「たしかにぼくは偏狭だったのかもしれない。少なくとも、きみについては」

とぼくが言うと、彼女は話をぴたっと止めて小首をかしげる。ぼくは何でもないと笑ってごまかした。

でも、この時代ではお金がすべてという認識に間違いはないのだろう。

その確信は揺るがなかった。

いまさらながらに思うのは、ぼくは現在の銀行業界の水があわないということだ。

新入社員研修では、定期預金というのは一定期間顧客にお金を預けてもらうことではなく、預金という名の商品、それを販売することなのだと教わった。

だから銀行員の実態はセールスマンであり、顧客のニーズを巧みに誘導して商品販売につなげなくてはならないのだと。

わからない話ではない。

インターネットが普及した昨今では、送金や住所変更などは家で手軽にできる。わざわざ銀行に来る必要などないのだ。もっとも、インターネットでの手続きを嫌う層は少なからずいて、そういった人たちは銀行にやってくるのだが、来客数が年々右肩下がりなのは言うまでもない。

客数が減れば減るほど営業機会もまた失われてゆくわけだから、なぜそんなことをするのかと最初は疑問に思ったのだけれど、話によると近年のマイナス金利政策などによって利益が出しにくくなったので人件費を削らなくてはならなくなったそうだ。

つまり、来客数を減らそうとしているのはすべて窓口社員の人数を減らすためで、ゆくゆくは極端に来客数の少ない店を閉めて店舗の統合をすすめ、ＡＩの導入によって窓口の無人化を行うことを目標としている。

それを聞いて、なるほどなあと思った。

けれど同時に、あれ？　とも思った。

それじゃあこの先、銀行員の大半はいらなくなるんじゃないのかと。

ぼく以外にも同じような感想を持った新入社員は多かったようで、にわかにぼくのクラス（新入社員は百名以上いたので、いくつかのクラスに分かれて研修を行っていた）は騒然となった。

すると担任役を引き受けていた人事部の社員が静かに言った。

「これからは事務手続きしかできないような古いタイプの社員に、残念ながら居場所はありません。求められているのは数少ない営業機会をものにできる能動的な人材です。きみたちは銀行員というよりむしろ鼻のきくセールスマンになってください」

早い話が、ぼくのようなタイプは生き残れないということだ。

げんにいまセップクの危機に立たされている。

ぼくだって死ぬのは嫌だし、そもそも銀行員なんてやりたくてやっているわけではないのだから、早々にギブアップを宣言して逃げ出したいのだけど、ここまで来てそんなことができるわけもない。けどなあ、セップクは嫌だ。すごく痛そうだから嫌だ。

前にネットで調べたのだけど、セップクには作法があって、ただ単に腹に刃を突き立てればよいのではなく十字に割かねばならないらしい。なんでそんなことをするんだ。絶対に痛い。ものすごく嫌だ。となればぼくがやるべきことは明白で、鼻のきくセールスマンとやらになる必要がある。

それくらいはわかっているさ。

わかってはいるのだけれど、どうにも必死になれないというか、はっきり言えば顧客が望まないものをむりやり売りつける行為に抵抗をおぼえるのだ。

先ほどぼくのブースにやってきたおばあさんも、預入金がそれなりにあったことから定期をすすめてみたのだけれど、自分には必要ないと言われてあっさり引き下がってしまった。

嫌だというのなら、それでいいじゃないか。営業ノルマだとか、本社からの指示だとか、他銀行との競合だとか、そんなものは顧客には関係のないことだし、ましてや押し売りを正当化する理由にはならないと思う。

かっこつけているみたいだけれど、とにかくぼくはそう思って営業をうち切った。そしてもともとの依頼である印章照会に戻った。手もとの三本の印鑑のうち、どれがみらい銀行の印鑑かわからなくなってしまったらしいのだ。

その手続き自体はすぐに済んだ。ぼくは三つのなかからひとつを抜きとり、これがうちの銀行印ですよと伝えた。そして忘れないように何か目印をつけておいたほうがいいかもしれませんねと言って引きとってもらおうとしたのだが、ふいにそのおばあさんがあっと声を上げて、ついでに料金の支払いもしてくれませんかねと言った。何の料金かと訊《き》くと、電気、ガス、水道の全部だと言った。なるほどと思って支払用紙を見せてもらったのだが、どれも延滞金が加えられていた。ええ、おばあちゃん、滞納しちゃったの？　と冗談めかして訊《たず》ねると、やっちゃったねえ、けどね、なにも好きで滞納したわけじゃなくて、最近、病院に行くことが多くなってね、それでなかなか銀行に行けないのよ、と言うものだから、それじゃあ自動振替にしましょうよ、支払日になったら勝手に引き落とされますから楽ですよと答えて、ついでにその手続きもした。これにはわりと時間がかかった。

正直なところ、やらなくてもよい手続きだった。こんなことをしたところで営業成績には何も反映されないし、長時間ひとりの客にかかり切りになるので、ほかの窓口に迷惑をかけてしまう。

でも、このおばあちゃんがほんとうに必要としていたのは、定期ではなく自動振替だったと信じているので、自分がやったことに微塵《みじん》も後悔はないのだけれど、ぼくのかわりに大勢の客をさばくことになってしまった亜梨沙にはあとで何か差し入れをしなくてはいけないなと思った。

「それで、ここに名前を書けばいいんですよね」

おばあさんの次にぼくの窓口にやってきたのは、三十代半ばの女の人だった。若々しい顔つきで、化粧も薄かったが、手には皺《しわ》が目立って荒れていて、また痩せた首筋には細い血管が弱々しく浮き出ており、どこか生活の疲労を感じさせる。

彼女は小さな子供を連れていた。退屈だろうにちょこんと椅子に座って行儀正しくじっとしている。彩夏《あやか》ちゃんというようだ。

手続きはこのかわいらしい娘の口座をつくること。

いつか必要になるかもしれないからつくっておきたいらしい。

それならばと思ってぼくは長期定期をすすめてみた。普通預金に預けるより利息がよくなるし、株などとは違って元本割れすることがないから安心だと。せっかくなのでやってみましょうよと。

「ごめんなさい、いまはまとまったお金がなくて。将来的には定期もしたいのですが、今日は口座の開設だけで……」

「三百万円以下でも預けられる商品もありますが」

しかし母親は申し訳なさそうな顔で首を振った。

五十万でも十万でも問題なく預けられますなどと言って食い下がろうかと思ったが、ふと彩夏ちゃんの視線が気になって言葉を呑《の》み込《こ》んだ。

ぼくを見ていたわけではない。

いたいけな少女はその無邪気な瞳を、何かを恥じるように小さく身を縮めている母に向けていた。

「ほんとうはちょっとでも多くなるのならそのほうがいいんですけど、その、あまりお金に余裕がなくて……まとまったお金がなくなってしまうと、生活ができなくなってしまうんです」

生活が苦しいのは着ている衣服から何となく察せられた。何年も着ているようでとくに首のあたりがよれている。その一方で、娘のワンピースはまだ新しかった。

「ごめんなさい」

と、彼女はまた消え入りそうな声で言って、書きかけだった書類にペンを走らせる。表情はずっと暗く、申し訳なさそうだった。むろんその申し訳なさはぼくに向けられたものでなく、わが子の彩夏ちゃんに向けられたものであるのは言うまでもない。

この時代は何をするにもお金がかかる。いい学校に行くのにも、誕生日のプレゼントを用意するのにも、みんなが着ている水準の服などを揃《そろ》えて普通という防御壁によって娘を守るためにも、すべてお金が必要になる。幸福はお金では買えないと主張する人もなかにはいるが、わずか一ヶ月半この時代を調査しただけのぼくでもそれが欺《ぎ》瞞《まん》だということはわかった。

たしかに幸福そのものは金では買えないだろう。しかし、幸福を手にするためには必要に応じた金がいるのだ。それがこの時代の仕組みだ。

少なくともぼくはそう理解しているし、彼女もきっとひとりの母親としてそれを知っている。そしてこの先の苦労も。もし違うなら申し訳なさそうな顔なんてできない。彩夏ちゃんはきれいな眉を八の字に曇らせて、意気消沈する母を窺うように見ていた。もしかすると自分の母が怒られていると思ったのかもしれない。眼には心配の色があった。

いつか彼女は今日つくった通帳を母に渡されることになるだろう。

そのとき彼女が思い出すのはどんな母だろうか。

申し訳なさそうな顔をした母だろうか。生活の苦しさをくたびれた服や手の荒れににじませた母だろうか。それとも、自分を恥じるように小さくなった母だろうか。

いったいぼくは何に荷担しているのだろう。

「ちょっと待ってもらえますか」

本能のようなところで、このままではいけないのがわかった。

母親はきょとんとした顔でペンを止めた。

「どこか間違っていますか」

「いや、そういうわけではなくて」

視線をさまよわせながらぼくは考えた。

彼女のお金を魔法のように増やしてやることなんてできない。だから営業の定石から言えば、この客には早々に見切りをつけてほかのもっとお金を持っている客を探すべきだ。少なくともぼくはそう教わったし、みらい銀行全体としてもそういう方針である。

しかしほんとうにそれでよいのか。

ぼくはやっぱり根本的に銀行員に向いていない。正直に言ってお金なんてどうでもよい。営業だとか定期預金だとか馬鹿みたいだ。革命でも起こって私有財産が一切なくなればよい。そんなぼくだから、金銭によって対等な人々に格差を生じさせ、しかもそれが当然のこととして受けいれられているこの時代に適応できない。

認めよう、ぼくは二十一世紀人だと言わんばかりの顔立ちをしておきながら、その実、二十一世紀に対する適性がまるでないのだ。

気分が楽になった。

というより、段々ぼくは居直ってきた。

いくら大金を預けようが通帳に記されるのはただの数字じゃないか。意味のない数字。こんなもののせいで不当な扱いを受けるいわれなどない。セップクする必要もない。もしその数字が重要なパスワードだったり、国家機密を記した暗号文だったりするのなら、いくらか振り回される甲斐《かい》もあるだろうけどそうじゃないのだ。

そのとき眉宇のあいだを落雷に似たひらめきの一線が走った。

意味だ。

ぼくはほぼ発作的に書きかけの新規口座申込用紙に顔を近づけた。驚いて彼女が身を守るような姿勢をとったけれど、そんなことは気にならなかった。

しばらく黙って証拠書（つまりその用紙）を見つめながら考えた。そしてある程度考えがまとまると、確認のつもりで彼女に訊ねた。

「将来的には、この通帳はもちろんお子さまに渡されるんですよね」

「ええ、ひとり立ちしたときにでも渡そうと思っていて。だから、ほんとうはそのときのためにいくらか入れておきたいのですけど、どうしてもいまは……」

「大金だけが幸福を手にする手数料とは限りませんよ」

そう言ってから、ぼくは預入金額の欄を指でさした。

「まず、最初の預入金が一万円になっていますけれど、これをやめましょう。お子さまの生まれた年を書いてください。西暦で。それが最初の預入金です」

「はあ……」

彼女は少々困惑と不安がない交ぜになった表情を浮かべていたが、それでも素直に従ってくれた。

書き終わるのを見届けてから、今度は普通預金への入金申込書を数枚用意してテーブルの上に並べた。

「次に、こっちの用紙にお子さまの誕生日を書いてください。そして、こっちには生まれた時間。こっちには体重」

「あっ」

と彼女は声を上げた。ぼくの意図がわかったようだった。

小さく肯《うなず》いてからぼくは言った。

「書いてもらったものを、新しくつくった通帳に順番に入金していきます。そうすると、お子さまの生まれたときの記録がすべてここに記帳されることになります。一万円を機械的に入れておくより、あるいは大金を用意して定期預金にしておくより、個人的にはよっぽどあなたの愛情を感じられる通帳になると思いますよ。どうですかね、名案だと自分なりに思ったのですけれど、押しつけがましいですか。それとも二十一世紀の感覚的に、変な提案をしていますかね」

「二十一世紀の感覚的に？　提案はすてきだと思いますけど、言い回しは変ですね」

「変ですか」

「ええ。まるであなたが二十一世紀の人じゃないみたい」

たぶん、ここに来てはじめて彼女は笑った。

銀行内で見せる笑顔なんてどうせあくどいものなんだろうと思っていたのだけれど、彼女の笑みはそれとは正反対のもので、なんだかとてもやさしかった。

どうしてか嬉《うれ》しくなって、ぼくも笑った。たぶんぼくも、ここにやってきてはじめて笑ったと思う。

しかし冷静さが戻ってくると、自分がごく初歩的な見落としをしていたことに気づいた。

「ああ、でも、生年月日はともかく、娘さんの生まれたときの体重なんて暗記していませんよね」

をとり出した。

「だ、大丈夫です」

なぜか彼女は慌ててバッグをあさると、なかから赤ん坊のイラストが描かれた手帳をとり出した。

母子健康手帳：所定の手続きをへれば簡単にしかも無料で交付されるが、歳月をへるとその価値はダイアモンドより貴重なものとなる。

「口座をつくるとき、何がいるのかわからなくて一応持ってきていたんです。ここに体重も、身長も載っています。それと生まれた時間もメモしています」

「すばらしい」

小躍りしたい気分だったがぐっとこらえる。しかしそれでも、よろこびをあらわしたい衝動に身をゆだねたくなって、トム・クルーズが『ザ・エージェント』でやったように小さく首を振ってからさっと彼女を指さしてしばらく見つめ、それからほんの少しだけ口角を上げた。彼女はにこにこと微笑みながらぼくを見ていた。たぶん、何も伝わっていない。

気まずさをごまかそうとしたわけではないけれど、ぼくは後ろを振り返って帳票が種類ごとに分けて入れられた棚から自動振込の申込用紙を抜きとり、最後のしめくくりとして彼女にさし出した。

「これからもちょくちょく娘さんの口座に預金されますか。もし預金されるのなら、自動振込が便利ですよ。毎月ご指定いただいた金額を、あなたの口座からお子さまの口座へ自動で送金することができます。いちいち来店していただいたり、ＡＴＭを探し回ったりするのも大変ですからね。ちなみに、みらい銀行の口座はお持ちですか」

「いえ、持っていません」

と恥ずかしそうに彼女は言って口を手で隠した。

「でもこの際だからつくっておこうかな」

「それがいいですよ。送金の手数料もかからなくなりますし」

話はとんとん拍子ですすみ、彼女は自分用の口座をつくった。そこに給与を振り込んでもらうようにするとも言った。なんだか順調だ。営業をうっちゃらかせばこうも充実した仕事ができるとは思ってもみなかった。

そして毎月いくら送金するのかという話になったとき、彼女はしばらく考え込んでから一〇一六円にしたいとぽつりと言った。何か意味のある数字であることはそれとなく悟ったが、何の数字なのかとぶしつけな質問をするのはいささかはばかられた。黙っていると彼女のほうが気を遣って、ああ、いえ、と言ってから理由を説明してくれた。

「亡くなった夫の誕生日なんです。わたしだけじゃなくて、夫もずっと彩夏を見守っていると伝えたくて。でも……死んだ人の誕生日を記してゆくだなんて、気味悪いですよね。忘れてください。感極まってわたしのほうこそ変になっているみたいなんです」

彼女の瘦《こ》けた頰が紅潮する。

それは変なのだろうか。二十一世紀の感覚では、もしかしたら変なのかもしれないけれど、ぼくにはよくわからない。ある意味でぼくはフラットだった。だからなのかもしれない。ぼくは思ったことを素直に述べていた。

「体験的なことは言えませんが、それでも想像するに父親の不在というのは子供にとって孤独を感じるに充分な要素になると思います。その孤独は未来になっても埋まらない。けれどあなたの思いを未来へ預けることによって、彩夏ちゃんがこの通帳を手にしたとき、もしかしたら何もない空洞だと思っていた孤独のなかから生きることのかなしみとよろこびを知るかもしれません。そうなればいい。きっとそれを教えることが親のつとめだと思いますから」

すると彼女は眼をぱちくりとさせて言った。

「なんだか、イメージしていた銀行員とは違いますね、あなたは」

どのように答えるべきか迷っているぼくを尻目に、彼女は送金金額の欄に一〇一六円と記入し、押印した。

必要書類がすべて揃うと早速端末をたたいて処理に移った。口座開設が二件に入金が四件、それに自動振込。気づけば処理件数が多くなっていたので、作業に時間がかかった。

ようやくすべてが終わり、できたばかりの母と子の通帳二冊をテーブルに並べた。母親は娘の彩夏ちゃんの通帳を手にとると、抱きしめるように胸もとに寄せて、大切にしますと言った。

ぼくはひと仕事終えた充足感を覚えながら、彩夏ちゃんを見た。

長い時間がかかったのだ、普通の子供なら飽きてどこかに行ってしまっても不思議ではないのに、彩夏ちゃんはきちんと椅子に座っていた。躾《しつけ》がよいのだろう。

「いいお母さんだね」

そうぼくが微笑みかけると、彩夏ちゃんもにっこりと笑って、

「うん」

と言った。

定時通りに終業した。

シャッターの下りた銀行内はとても静かだった。

窓口内の壁沿いに行員が並んでゆく。毎日業務が終わると営業成績の発表や訓示が行われる。

ぼくにとっては苦痛以外の何ものでもない時間だ。それに今日は一切ノルマを果たしていない。やったことと言えば、おばあちゃんに公共料金の自動振替をすすめてその処理をしたこと、彩夏ちゃんとお母さんの口座をつくって自動振込の処理をしたこと。送金ばかりじゃないか。送っちゃだめだ、預けろ。

でも彩夏ちゃんの口座にはお金が貯《た》まってゆくはず。そう思って気を持ちなおそうとしたが、普通預金にいくら貯めてもそれは営業成績としてカウントされないことを思い出し、気分はさらに沈んだ。定期預金でなくてはならないのだ。

もちろん、ほかにも色々とお客さんの相手をしたのだけれど、どれも定期預金とは無関係なものばかりだった。

たぶんぼくは、今日死ぬことになる。

いまさらながらに途方のない後悔がわっと押し寄せてきたが、時すでに遅し、窓口に支店長と窓口部長がやってきて、みんなの前に立った。

「えー、お疲れさまです」

白髪の支店長は顔を斜めに上げて言った。彼の癖だった。背骨が曲がっているのは年のせいだった。どこか抜けた印象を受けるが、昔はやり手だったらしい。彼から直接、若い頃は甲子園球場のバックネット裏でよくやりあったものさ、と飲み会の席で言われたことがある。意味はよくわからなかったけれど、とにかくすごいことをしてきた人なのだと思った。

「それじゃあ、いつもの」

と言って支店長が顎をしゃくると、浅沼課長が一歩すすみ出た。その赤ん坊のような顔に似合わぬ鋭い眼光を手もとの資料に落とし、そして本日の営業成績を発表していく。

篠塚亜梨沙の成績は相変わらずよかった。これはすごいことだ。ぼくはあの親子にしろおばあさんにしろ、ひとりひとりの手続きに時間をかけてしまった。そのしわ寄せは亜梨沙に集まる。彼女はいつも以上に押し寄せてくる客をさばかなくてはならなかっただろう。そんななか好成績をたたき出したのは素直に感心する。

「ミヤモトくんも頑張らないと。負けてたらだめよ」

と、ぼくの隣で拍手をしていた明美《あけみ》さんが言った。少なく見積もってもひと回りは年が離れていて、そのせいか二十一世紀的人格特徴である「遠慮のない親戚のおばさん」といった態度で彼女はぼくに接する。心配してくれているのはわかるのだが、その表現方法がいちいち馴《な》れ馴《な》れしいのだ。

支店長から好成績者に対して贈られる景品（ハンドクリームだったり、野菜ジュースだったり、とくに法則性は見受けられない）を受けとった亜梨沙がもとの場所に戻ろうとする。その際に彼女はちらとぼくを見た。てっきり勝ち誇った顔でもするのかと思いきや、彼女は眉間に深い谷をつくり、いかにも不満があると言わんばかりの眼を向けてきた。大勢の客を押しつけてしまったことをやはり根に持っているようだ。そういえば差し入れはおろか感謝の言葉すら、忙しさにかまけて彼女にかけていない。こういうところがぼくのだめなところなのだろう。

もちろんぼくの名前が呼ばれることはなかった。忌まわしい成績発表会はつつがなく終わった。このまま何ごともなく終わってくれれば僥倖《ぎょうこう》だ。そう思った矢先だった。

「営業ノルマとは関係ないのですが、ミヤモトくん、前に出てください」

とうとう来た。

軽い目眩をおぼえた。ぼくはセップクを命じられる。たぶん、逃げようとしてもとり押さえられてしまうだろう。それならば惨めな醜態をさらすより最期くらいは誇りを持って潔く果てよう。腹を決めてぼくは一歩前に出た。

しかし浅沼課長は思いがけないことを言った。

「ミヤモトくんは今日、電気やガスといった五大料金の支払いを成約させました。これは、ともすれば軽視されがちなセールスですが、料金の支払いにうちの口座を使っていただけるということは、その支払いに備えて年金や給与の受けとりをうちの銀行にしてもらえる可能性が高くなります。それはつまり、うちをメインバンクにしていただけるということです。メインバンクになればたとえ今日、定期の成約がとれなくても、何度も来店していただけることになるのでチャンス自体がなくなることはありません。営業とは短期的な利益だけを追い求めていてはだめなのです。ミヤモトくんが行ったような顧客のニーズをしっかりとくみとり、それにふさわしい商品を提供して、顧客の生活に密接に結びついてゆく必要もあるのです」

どうやらぼくは褒められているらしい。

想定外の事態に戸惑っていると、浅沼課長がぼくに顔を向けて言った。

「それと、今日はとてもすてきな通帳をつくりましたね。お客さまは自分のために尽力してくれる人からものを買いたいと思うものです。アフターフォローを怠らなければ、いつかミヤモトくんのために定期を入れてくれると思いますよ。それに、お嬢さんもきっとうちをメインバンクにしてくれるでしょうね。もしかしたらミヤモトくんのお得意さまになってくれるかもしれない。けれど残念ですね、その頃にはミヤモトくんは本社に帰ってしまっている。せめてあなたは今日経験したこと、思ったことを本社に持ち帰り、うちの銀行の未来のために活《い》かしてください」

「あの、ぼくはセップクではないのですか」

「セップク？」

「ええ、ほら、クビって前に……」

「何のことかよくわかりませんが、あなたを解雇する理由などありませんし、そもそもあなたは手続き上本社人事部に属する社員であり、桜ヶ丘支店には派遣されてきているという立場ですので、うちにあなたの人事を決定する権利はありません。誤解はとけましたか」

ぼくが肯くと、浅沼課長は支店長に視線を送った。それに気づいた支店長はやおら斜め上に顔を向け、締めくくりの言葉を述べた。

「えー、まあ、これからも頑張って」

景品こそもらえなかったけれど、ぼくにはみんなの温かな拍手が送られた。明美さんがよかったねと言いながらやたらぼくの背中をさすった。

あまりにも突然で、また、初めてのことだったので、ぼくは何も言えず立ち尽くしていた。けれど少しだけ自分の仕事が認められたような気がして、胸の奥からよろこびの熱がひろがっていった。

私服に着替えて裏口から出ると、亜梨沙がガードレールに腰を預けてぼくを待っていた。仕事中とは違って髪を結んでおらず、その長くつややかな髪を流すがままにしていた。風が吹くのと同時に沈みかかった太陽が最後の一閃《いっせん》を放ち、ふわっと舞った髪がきらきらと黄金色に輝いた。思わず、あっと声を出してしまった。それは感嘆の声だったのだが、単に自分に気づいて声を出したのだと思ったらしく彼女は挨拶がわりに軽く手を挙げた。

ぼくは咳払《せきばら》いしてから彼女のもとへ行き、それから謝った。感謝の言葉も述べた。

彼女はもう気にしていないと言った。それから急にあどけない顔つきになって、

「無意味な仕事なんてなかったでしょう」

と微笑んだ。ぼくは何だか照れくさかったけれど肯いた。

「ほんとうにその通りだ」

銀行なる未来には存在しない場所で働くことになり、また、自分に任された調査や研究もたいして期待されていなかったため、もしかするとぼくはおのれの仕事というものを軽蔑していたのかもしれない。無意味なものだと決めつけて。しかしそれは根本的な誤りだった。意味とはそのもの自体に自然発生するのではなく、人がもたらすものなのだ。ぼく自身がつくるものなのだ。そんな当たり前のことを、いまさらながらに実感した。

ふいに亜梨沙は立ち上がってぼくの腕を引いた。

「さあ、あなたが初めて褒められたお祝いに今日はとことん飲むわよ。駅前の、何だっけ、あのやたら支店長が気に入っているださい店。まあとにかくそこに行きましょう。言っておくけれど、割り勘よ。わたしは誰かにおごったり、おごられたりするのが大嫌いなの。金銭のやりとりなんてもってのほかよ。自分で言うのもなんだけれど、銀行員の鑑《かがみ》ね。あなたもそう思わない？」

「祝ってくれるのかい？　ぼくはてっきりきみに嫌われているものだと」

「べつに嫌ってなんかいないわよ。わたしはただ、あなたと対等だと周りから思われたいだけ」

「きみのほうがよっぽど成績がいい。むしろぼくより格上だとみんな思っているんじゃないのかな」

「わかってないなあ。これだからエリートさまは困るのよ。あなたとわたしではスタート地点から違うの。これくらいの成績を出したところで、誰もわたしをあなたと対等だとは思わないわ。ああ、僻《ひが》んでいるわけではないのよ。あなたは頑張って学歴を手に入れたんですもの、その努力に見合った待遇を受けるのはごく自然なことよ。ところで、返事がなかったからもう一度訊きたいのだけれど、わたしって銀行員の鑑だと思わない？」

「ぼくはエリートでも何でもないよ。雑草だ。そしていまようやく、雑草でもできることがあるんだとわかったところさ」

ぼくらは並んで駅前の居酒屋へ向かった。

赤い落日に染まる街の風景は熟れた春の果実のようだった。そのかぐわしさを身体《からだ》で感じ、ときには棘《とげ》に傷つき、ときには胸を熱くし、ぼくはこの時代の原色の風景のなかへとけ込んでゆく。

2　継続：つづけること。または意義を見失うこと。

その月の最後の営業日に、店舗の月間成績が発表される。各店舗には本社から営業の月間目標が指定され、それが事実上のノルマになっているので、最終営業日には緊張感が漂っている。

もし月間目標に店舗全体の営業成績が達していなかった場合、最悪支店長が本社に呼び出され、指導という名のお説教を受けるはめになる。それも主任クラスの若手社員から。これはその店にとってきわめて不名誉なことだ。よその店から馬鹿にされることにもなるだろうし、なにより定年間近の支店長が、本社営業推進部の自分は仕事ができると思い込み、肩で風を切って歩くこじゃれたスーツを着た若手社員にお説教を受けるだなんてあんまりじゃないか。不憫《ふびん》だ。何としてもそれだけは避けねばならない。

それに、実はボーナスというものは営業成績のよさによって店舗ごとに総額が違うようで、月間目標を達成できないと少なくなり、その反面、好成績を収めると総額が多くなる。そして各店舗に振り分けられた総額から、また成績ごとに個人に振り分けられる。つまり結果を出したら出した分だけ見返りがあるのだ。だから末端の社員も必死になる。

幸いにもわが桜ヶ丘支店は月間目標を達成できた。

定期預金は全国でもトップクラスの成績で、投資信託にしてもきわめて優秀な成績だった。ただ、積立《つみたて》預金やカードの成績はあまりよくなかった。それらには本社からノルマが指定されていなかったので当然の結果と言えるのだが、来月からはカードの切り替えに月間目標を新たに指定するとの通達があったので、ぼくたちには目標達成のよろこびより来月からどのように営業していこうという悩みのほうが多かった。

カードとはクレジットカードと一体型になったキャッシュカードのことで、正式名称をみらいのカードと言う。まず、名前がださい。経営陣はもしかしたらうまい命名をしたつもりなのかもしれないけど、窓口でお客さん相手にみらいのカードはいかがですかと言うのはなかなかに恥ずかしい。白状すると言いたくない。カードの成績がよくないのもそこに原因があるのではないか。

それにクレジット機能を有したキャッシュカードなんてどこの銀行でもやっている。いまさらそんなありふれたカードに積極的に切り替えるよう営業したところで、お客さんが好反応を示すはずがないのだ。むしろ、切り替え手続きの煩わしさから拒否反応を示されるのが関の山だろう。ぼくはそんなカードをみらいのカードなどと厚かましくも自称する精神性にみらい銀行の行く末を案じずにはいられなかった。

「銀行の未来なんてどうせ暗いわよ」

とキリエさんは言った。

彼女はぼくと同じ調査班のメンバーだ。二十一世紀の人々が頻繁に懇親会を行っていることから、ぼくたちもそれに馴染むためにある種の義務として定期的に開いている。

今日は駅前の居酒屋だった。チェーン店の大きな店で人の出入りが激しく、また個室も用意されている。こういうところなら未来人三名、すなわちぼくとリョータとキリエさんが集まってもとくにあやしまれないだろうという判断から選んだ。

「どうして銀行の未来が暗いんだ?」

生ビールをひと口飲んでからリョータが訊ねる。この時代にやってきて間もない頃は、彼はアルコールなんてまったく飲めなかったのに、いまでは底なしだ。それだけ順応しているということなんだろうけど、ちょっと彼の身体が心配でもある。

ややあって、キリエさんはカールのかかった髪をいじりながら、しかしはっきりとした口調で言った。

「だって未来では銀行なんて存在しないでしょう。なくなるのが確定しているのだから暗いに決まっているわ。この先、大変なことになるわよ、きっと。やっぱり人様の財産で利益を得ようという考えがよくないのよ」

「汗水を流して賃金を得るべきだと？」一方のリョータはさらさらの長髪をかき上げた。「それならおれたち未来人は全員だめだな」

「その通り。未来はたしかに社会的で、かつ理性的な時代ではあるけれど、わたしはそんなもの求めていないの。人間はもっと野性的であるべきなのよ。その意味では、二十一世紀はすばらしいわ。わたしはね、カズマ、あなたとは違っていわゆるブルーカラーの現場にいるの。そこには多くの屈強な男たちがいるわ。わたしのような女はめずらしいみたいで、彼らからよくじろじろと見られるのだけど、そのときの野蛮な視線！　そして、彼らはよくランニングシャツ姿で重たい荷物を運ぶのだけど、そのときの上腕二頭筋！　それらにわたしの求めていた野性があったわ。実にセクシーな時代よ、二十一世紀は」

「またはじまった」とリョータはぼやいた。

キリエさんは普段はいかにも大人な女性といった感じで、頼りがいがある。背も高く、ピンヒールがよく似合いそうなコケティッシュな体つきをしていて、その眼には芯の強さがある。だが彼女はピンヒールを履くことなく、むしろそれとは正反対の肉体労働の現場に赴き、二十一世紀の無産階級の実態を調査している。ぼくやリョータとは違って希望の現場に行けたというわけだ。ここまでなら素直に祝福できるのだが、彼女には男の肉体について尋常ならざる思いがあるようで、それがどうも彼女の調査から理性的な眼ざしを奪っているようなのだ。つまり、重たいものを持ったときの筋肉の隆起がどうだとか、汗だくになった男たちが一箇所に集まったときのフェロモンがどうだとか、そんなことばかりレポートに書いてくるので、班長のリョータは困っているらしい。やはり二線に回される研究者は、癖が強いというか、どこか普通ではないのだろう。そうでない者は、ぼくみたいな落ちこぼれだ。

「どうして銀行はなくなってしまうのだろう」

「そりゃお金がなくなるからさ」

ぼくのひとり言のような質問に何気なくリョータは答えた。

未来ではお金というものは存在しない。だから銀行は必要ない。一見筋が通っているようだが、よくよく考えてみるとお金がないことと銀行がないことはイコールで結べるものではないような気がする。たとえば未来ではお金のかわりに社会的評価が価値基準となっている。人々は社会から与えられた評価に見合ったサービスを受けることができ、また、最低限の生活は保障されていた。ただしよりよいサービス、バカンスに行ってスイートルームに宿泊するだとか、ごちそうをたらふく食べるだとか、そういったことをするにはそれ相応に社会に貢献し、評価される必要がある。社会の評価でぼくらの生活は決まるのだ。

そういったシステムのなかでも、銀行は、もちろんそのままというわけにはいかないだろうけど、形態を変えることで生き残ることができたのではないか。具体的にどんな形態になるのかはよくわからないけど、なんとなくそんな気がする。

「それを調査するのがおまえの仕事さ」

ぼくの意見を聞いたあと、リョータは班長らしい科白を言った。それから頬杖《ほおづえ》をつき、焼き鳥の串を何の気なしにもてあそぶ。

「おれからすると、銀行っていうのはよくわからない。預金だとか融資だとか、そういう組織としての業務はおまえのレポートから理解しているつもりだけど、社員個々人が具体的に毎日何をしているのかがよくわからないんだ。たとえば、銀行は三時に店を閉めるだろう。そのあと何をしているんだ。もう帰っていいの？」

「そんなわけないさ。むしろ三時からが忙しい」

営業が終わると、その日行った事務処理の間違いがないかチェックし、現金の過不足が起きていないか確認する。これを日締めと言う。日締めは五時までに終わらせてその内容を本社に報告しなければならない。時間との戦いになる。とはいえど、一円でも間違っていれば大事になるため丁寧さを欠いてもならない。かなり疲れる作業だ。三時で営業を終えるからといって決して銀行員が楽をしているわけではないのだ。

ぼくが日締めについて説明すると、キリエさんが不満そうに眉を寄せた。

「忙しいのはわかったわ。でも、三時で店を閉める根拠にはなっていないんじゃないの。五時までに報告しないといけないのなら、閉店は四時でもいいわけで。やっぱり楽をしているのよ、銀行員は」

「法律で決まっているから仕方がない。銀行の営業時間は、午前九時から午後三時までとするってね。現金を取り扱わなければ一応営業時間の延長もできるんだけど」

「なんだか面倒ね。その点、肉体労働はシンプルよ。男たちの荒々しい声、汗に濡《ぬ》れた逞《たくま》しい筋肉、そして周囲に漂うフェロモン、それだけだもの。人間の労働の根源的な姿だわ。あなたも銀行員なんか辞めていますぐ肉体の現場に行きなさい。そしておのれの野性を解放しなさい。それがわたしたちのあるべき姿なのよ」

「いや、それはどうなのかな」とぼくは苦笑いを浮かべた。

ちょうどそのとき、大学生くらいの若い店員が空いた皿を下げにきた。ぼくたちは一斉に黙り、店員の作業をじっと見守る。奇妙な緊張感が生まれた。店員は困惑と心地の悪さが入りまじった複雑な表情を浮かべながら、大皿を二枚持ってキッチンへ戻っていった。ぼくたちはほっとひと息つく。

「店員が来るたびにこれだと疲れるね」とぼくが言うと、リョータは大きく肯いた。

「しかし二十一世紀人の前でべらべらと調査について喋るわけにはいかないからな。もっと落ち着いて話せる場所があればよかったのだけど」

「次は、前みたいに公園でやる？」

キリエさんの問いかけに、ぼくらはうーんと考え込んだ。公園で集まったところで結局は周囲に気を配らなくてはならないのだ。それなら秘匿性の高い、二十一世紀人が秘密裏に落ち合う際によく利用すると聞くリョウテイに行ったほうが合理的だと思うのだけど、その肝心のリョウテイが見つからないのだ。この前の休日、半日かけて探したのに見つからなかった。駅前にも商店街にもなかった。コンビニの店員にそれとなくきみが利用するリョウテイはどこにあるのかねと訊ねてみても、はあ？　と怪訝《けげん》な顔をされた。きっと、そんなことも知らないなんてこいつは未来人なんじゃないかと思ったのだろう。すぐにその場から逃げたのでことなきを得たが、あのまましつこく訊ねていたらどうなったかわからない。ぼくはギリギリのところで助かったのだ。

それは素直によかったと思えるのだけど、リョウテイについて結局何の情報も得られなかったのは非常に残念だ。リョウテイの場所さえわかっていれば、ぼくたちもそこに行って秘密の話ができたというのに。

「次回の集合場所は追って伝える。しばらく考えさせてくれ」

リョータはそう言ってから、ぼくたちに調査課題を指定した。この課題に沿った内容を調べ、レポートや論文にまとめることになる。

「キリエさんは、彼らの労働環境についてまとめてくれ。とにかく筋肉以外の話なら何でもいい。いいか、野性とか肉体とか、そういう話は一切だめだからな」

「ええ？」とキリエさんは表情に困惑をあらわにした。そんな顔ができることにむしろぼくたちのほうが困惑する。

「それから……」リョータはぼくのほうを見た。「カズマは、そうだな、今回は学術的な話はなしにしよう。簡単でいいから、おまえが普段している仕事をまとめてくれよ。銀行員がどんな毎日を送っているかわかるように」

「そんなのでいいの？」

「そんなのがいいのさ」とリョータは微笑んだ。

正直なところ、ぼくにはよく意味がわからなかった。そんなものをまとめてレポートにしたところでいったい何がおもしろいのだろう。もっと貨幣経済の行方やＡＩなどの新たなテクノロジーと銀行の衝突、そういったものをまとめたほうが価値があるように思う。

しかし任務は絶対だ。班長の指示はつまるところ社会の指示でもある。キリエさんのようにタフな精神をぼくも持っていれば指示を無視できたのかもしれないけど、ぼくは彼女ではないし、彼女のように優れた才能があるわけでもない（野性や肉体を抜きにすると、彼女はとても優秀なのだ）。指示以外の仕事をするにはそれ相応の資格がいる。

ただ、それでも指示されたことしかしないというのは無能の証明もしくは無責任の表明にほかならない。そんな気がする。そこでぼくは銀行員として働く上で自分なりに感じた疑問をまとめることにした。

①防犯

銀行というところは当たり前の話ではあるけれど日々の業務で現金を取り扱う。

そのため、部内犯罪（行員による犯罪、つまり内部犯罪のこと）には神経過敏になる。

その日、朝礼が終わるとぼくたち窓口行員は部長に呼ばれて、事務室（窓口における事務室とは、窓口カウンター内のことを指す）の奥まったところに集まった。そこにはスチールラックが無造作に置かれ、数台のモニターが並んでいる。監視カメラの映像だ。正面入り口や裏の従業員入り口、そしてATMコーナーなどはつねにこうして監視されている。

さすが銀行、厳重だ——と感心したいのだが、基本的にこれらの映像は垂れ流しにされているだけで、誰かがモニターチェックをしているわけではない。時々思い出したかのように部長がちらと視線を送ったり、あるいは終業後に暇があればまとめて流し見たりする程度なのだ。だから極端なことを言えば、覆面をかぶって拳銃を持ったどこからどう見ても銀行強盗以外の何者でもない人物が従業員入り口で犯行の打ち合わせをしていても、ぼくたちはきっと彼らの存在に気づかないだろう。だいたい、忙しく働いている営業時間中に誰がモニターのチェックをすればよいのか。もしぼくが、お客さんが列をつくって待っているのにぼうっと突っ立ってモニターを眺めていれば、何をやっているんだと、ちゃんと仕事をしてくれと怒られるはずだ。そしてそれはぼく以外の行員でも同様だろう。手空きの行員なんていないのだ。

ではなぜ監視カメラがあるのか。たぶん、強盗されたあとに映像を確認して、いやあ、ここに映っていましたねえ、人相はちょっとわかりませんねえ、しかし悪いやつがいるもんですねえ、などとお茶を飲みながら警察に報告するためにあるのだろう。

つまりは建前なのだ。

われわれはちゃんと対策をしていますよと世間にアピールしたいのだ。

この建前と現実の乖離はほかにも多くのところで見受けられる。持ちもの検査だってそのうちのひとつだ。

「それじゃあ、ポケットのなかのものを全部出して」

窓口部長がそう言うと、行員のひとりがトレーのようなものの上に所持品を並べる。ハンカチ、ボールペン、それに電卓やメモ帳。財布を持って事務室に入るのは厳禁だ。そこに銀行のお金を入れられてしまうおそれがあるのだから。また、携帯電話の持ち込みも禁止されている。顧客情報の漏洩《ろうえい》を防ぐためだそうだ。

「メモ帳に変なことは書いてないね？　お客さんの口座番号とか」

「してませんよ」と行員は笑いながら言った。いくら防犯のためとはいえ、行員の持ちものを勝手に物色するわけにはいかないようで、部長がメモ帳をめくったり、所持品を触ったりすることはなかった。その部長の微妙な態度には、信仰上の理由で自分の持ちものを他人に見せてはならないんですとごてればまかり通りそうな感じすらあった。

「形式的よね。こんなことに意味があるのかしら」

ぼくの前に並んでいた篠塚亜梨沙が振り返って小さな声で言った。いかにも不満があるといった顔つきでわずかにぼくを見上げている。前髪の先が長く豊かなまつげにかかっていた。

「体制批判？」とぼくは亜梨沙に顔を寄せた。その途端彼女は、驚きをあらわに身を離す。どうしてか猫が驚いて毛を逆立てる姿を連想させた。

「ちょ、ちょっと、近いわよ」

「けど体制を批判するわけだから、誰にも聞かれないようにしないと。収容所に送られる」

「馬鹿なこと言わないで。みらい銀行にそんなものがあるなら、いまごろ行員なんてひとりも残っていないわ」

亜梨沙の番になり、彼女はトレーの上に所持品を並べる。もう疲れてきたのか、あるいは飽きてきたのかわからないが、部長の検査はきわめていい加減なものになっていた。並べられた所持品をちらっと見て、形式的な質問をして、はい次、である。たしかに亜梨沙の言う通り、やる意味はあるのかと疑問になる。もっとも開店時間が迫っているので綿密にやられたらそれはそれで困るのだが。

「え、これだけ？」

部長はぼくが並べた所持品を見て不思議そうな顔をした。ボールペン一本しかなかったからである。そう、ぼくはほぼ手ぶらだったのだ。

「電卓は？」

「必要ありませんから」とぼくは答える。銀行員はある意味で計算が仕事なので、みんな自分用の電卓を持っている。しかしぼくはデバイスで読みとれば自動で計算してくれるのでわざわざ電卓を持つ必要がないのだ。

「ソロバンでもやっていたの？」

「ソロバン？」と訊き返したのに、部長は、ああ、そうかと、やっぱりソロバンはやっておくべきなんだなとなにやら納得した様子でつぶやき、それからぼくの後ろに視線を向けてはい次と言った。

また謎の単語が出てきた。ソロバンだって？　ぼくは不可解に思ったが（なお、後日調べたところ、ソロバンとは足につけて滑走する用具だとわかった。ローラースケートの起源だと思われる。学校の廊下とおぼしき場所で、ソロバンを両足に装着して楽しそうに滑っている画像をツイッター上で見つけた。だが残念なことに、なぜソロバンをやっていると電卓が不要になるのかはついにわからなかった)、ひとまず、開店に備えるため窓口カウンターに向かった。

シャッターがカウンターを囲むように下ろされている。もちろん建物の入り口にもシャッターがある。二重の防御壁を築いているわけだ。また、時間外に事務室のドアを開けたりすると、警報が鳴って警備員が駆けつけるシステムにもなっている。これを解除するには支店長とか部長とかの管理者キーが必要だ。ごく普通の商店ならいささか過剰に思える防犯対策だろうが、銀行にとってはこれくらいやっていて当然というか、むしろ他行とくらべて手薄である。たとえば同じ都市銀行である東協名和《とうきょうなわ》銀行では、ネットワークに接続された防犯カメラを通じて店内が営業時間外でもリアルタイムで警備会社によって監視されているらしい。漫然と映像を垂れ流しているうちとは大違いだ。結局はそういうところなんだろうな、うちが東協名和にシェアで負けているのは。大手のなかでもうちは二線級なのだ。まあだから二線のぼくが調査員に選ばれたのだろうけど。

ちょっと悲しい気持ちになってブースに入った。今日もぼくはローカウンターを受け持つ。口座の開設や定期預金などの、手続きに少々時間がかかるものを担当するのだ。

「ねえ、カズマくん」

となりのブースからひょっこり亜梨沙がその小さな顔を出した。

「前に持ちもの検査があったとき帰りも検査したけど、今回もかな」

「そうみたいだよ。必ず始業と終業で二回あるって教わった。まあ横領を防止するのなら、帰りこそ検査しないといけないからね」

「やるとわかっているのならあまり意味がないんじゃないの」亜梨沙はわずかにため息をついた。「ほんとうに形式的よね。やらないといけないからやっているだけで、本気で部内犯罪を防止するつもりなんてないのよ。馬鹿馬鹿しいわ」

「馬鹿馬鹿しさの積み重ねが、ひょっとしたらぼくたちの仕事の本質なのかもしれない」

「それなら銀行員に未来なんてないわ。全部ＡＩに任せればいいのよ」

たしかにそうかもしれないと思った。ＡＩなら横領を犯す危険性はないし、電卓を使わずとも瞬時に間違いのない計算ができる。それに長期的に見れば、ＡＩの導入費のほうが人件費より安くつくだろうし、労働環境に気をつける苦労すらなくなる。いいことずくめだ。

「そのうち銀行員はいらなくなるね」とぼくが言うと、亜梨沙は片側に体重を乗せるようにして小首をかしげる。そのはずみに肩から流されていたひと房の髪がぶらんと宙で揺れ動いた。しばらく考え込んだあと、彼女は唇に指を当てながら言った。

「でも営業はＡＩとか機械とかには真似《まね》できないわ。いずれそれっぽいシステムが開発されて、営業のようなことをＡＩがするようになっても、きっと人間には勝てない」

「なぜ？」

「断りやすいもの。ＡＩに押しの強さを求めるのは酷な話でしょう」

「なるほど」

「まあ、そうやって人間が営業で稼いだ利益を部内犯罪対策とか言ってむだに使っていたら意味がないんだけど」

と言って亜梨沙は笑った。けれどそれはあまり笑えない話だった。

②窓口カウンター

窓口はローカウンターとハイカウンターのふたつに分かれる。

ローカウンターは先にも軽く言った通り少々複雑な手続きを担当し、お客さんにも椅子に座ってもらってじっくり時間をかけてやる。つまりローカウンターのローとは英語の「low」のことであり、座って作業することを意味している。逆にハイカウンターとは立って作業することを意味し、回転率というかスピードが求められる。担当する手続きも公共料金の支払いや預け入れ、引き出しといった比較的手続きが簡単なものだが、銀行にやってくるお客さんの用事なんてたいていは振込や保険料の支払いなので、とにかくハイカウンターは混雑する。だから効率的にお客さんをさばくスピードが重要視されるのだ。

わが桜ヶ丘支店ではローカウンターの窓口がふたつ、ハイカウンターはひとつ多い三窓口となっている。また、予備の窓口がひとつある。非常に混雑したときに後方で普段は書類のチェックや庶務などの事務仕事をしている行員が応援で入るのだ。ほかには投資信託用のカウンターがあって、ここは証券外務員の資格を有し、かつ販売員として登録された行員しか担当することができない。ぼくは研修のときに試験を受けて一応資格を持っているのだけど、店側に登録されていないのでこの窓口に入ることはできないし、投資信託や国債などの営業をやってもいけないことになっている。いや、営業をやってはいけないというのは違うな。説明をしてはいけないのだ。投資に興味ありますかと、あるならちょっと話だけでも聞いていきませんかとお客さんにすすめることはローカウンターでもできるのだけど、具体的にこれこれといった銘柄がありますとか申込用紙を出して書いてもらうとかそういうことをすると懲罰の対象になってしまうのだ。とてもややこしい。そしてもっとややこしいのが、こういうややこしい決まりがほかにも数多く存在することだろう。

たぶんお客さんからすると、銀行員はちんたら仕事をやっているように見えるはずだ。役人的だと不満を抱いていることだろう。しかし、なにも好きこのんでちんたらやっているのではなく、銀行員は法令やら社内規定やらコンプライアンスでがんじがらめになっていて柔軟な対応ができないのだ。

とにかくやってはいけないことが山のようにあり、行員は自分の行動がそれに反していないか確認しながら仕事をする。そんな状態でお客さんが満足するような、スピーディーなサービスを提供できるはずがない。そう思う。

ぼくは受付番号表示機に眼をやる。お客さん側からは先ほど受けつけた六百三十五番（桜ヶ丘支店ではローカウンターは六百番から、ハイカウンターは百番からはじまる）の数字が見えるようになっているが、窓口の内側からは待合者数が見えるようになっている。表と裏で表示内容が違うのだ。ローカウンターの待合者数はゼロだった。しかしハイカウンターでは十人ほど待っている。現在は十一時四十分だ。もうすぐで恐怖の十二時になる。十二時は混雑する。いや、混乱する。昼休み休憩を利用して多くの人が示し合わせたかのようにわっと銀行にやってくるからだ。いまのうちにある程度はさばいておかねばならないのだが、依頼書の書きなおしとか本人確認とかで手間どっており、なかなか処理が終わらない。

すぐさまぼくは呼び出しボタンの切り替えを行い、百番台の、つまりハイカウンターのお客さんを呼んだ。ローカウンターでもハイカウンターのお客さんを対応してよいのである。というか、そうしなくては成り立たない。

やってきたのは腰の曲がったおばあさんで、あまり体がよくないのか難儀して振込依頼書をカウンターの上に置いた。そしてよろしくお願いしますとかすれた声で言う。

ぼくはその依頼書を確認した。他行宛ての、現金での振込で、口座番号や受取人の名前がかなり弱々しい字で書かれている。高齢のお客さんだとこのように字がうまく書けない場合がある。昔は行員がそんなお客さんのかわりに証拠書（みらい銀行では用紙のことをこう呼ぶ）を書いてあげていたようなのだが、いまそんなことをすれば重大なコンプライアンス違反になる。代書は認められていないのだ。

幸いにも書かれた文字は読みにくいの範疇に収まっていた。これがまったく読めなかったり、間違っていたりしたら書きなおしてもらわないといけないのだが、その必要はなさそうだ。

ぼくは安堵《あんど》してさっそく処理にかかった。処理自体はきわめて簡単だ。依頼書に書かれてある内容をそのまま端末に打ち込む。するとオートキャッシャーが自動で開くので、現金を投入する。それだけだ。単純な作業だ。

しかし何度入力しても端末はエラーを表示した。調子に乗って何かミスをしてしまったのかと焦ったが、間違っていたのはぼくの操作ではなく依頼書に書かれた口座番号だった。

「受取人さまの口座番号が間違っていますね」とぼくが言うと、おばあさんはちょっと呆気《あっけ》にとられた顔をして、あれ、何回か振り込んでいるんだけどねえ、変だねえと言って、手提げ袋から難儀して皺の入った紙をとり出した。それは請求書のようなものだった。代金をこの口座に振り込んで欲しいと書かれてあった。

「ほら、うちに藤棚があるでしょう。ずっとほったらかしで、ツタがぼうぼうの。うちの人が、いい加減ちゃんとせんといかんって言い出して、でも自分では何もしないでしょう、だから仕方なくわたしが藤の花を注文したんですよ」

「これはその請求書？」

「ええ。まあそんなに大げさなものではないんですけど、いざ手入れして藤の花を垂らしてみるとこれがなかなかにきれいなんですよ。うちの人も気に入って、次はどうするんだなんて言い出して、自分では何にもしないくせにねえ、ほんとうに調子がいいんだから」

得意になっておばあさんは話しはじめた。ぼくはフジダナが何なのかよくわからなかったけれど、はあ、フジダナ？　何すかそれ、と空気を無視して訊ねる勇気がなかったので、とにかく笑顔で肯きながら請求書と依頼書を見くらべた。

結論から言うと、おばあさんは何も間違っていなかった。依頼書の口座欄に書かれた「7」の数字を、ぼくは「1」だと勘違いしていたのだ。普通だと、なんだそんなことかと一笑に付してさっさと処理をすすめるのだろうが、銀行の場合だとそんなふうにはならない。

ぼくは後方で書類作業をしている浅沼課長のもとに行き、事情を説明してから依頼書を見せ、自分の眼には「1」に見えるがほんとうは「7」らしいので「7」として処理をすすめてよいかと訊ねた。課長は眼鏡のブリッジを指で押し上げると、卵のようにつやつやとした顔に似合わぬ鋭い眼ざしで依頼書を凝視し、しばらく考えてから言った。

「書きなおしてもらって。事故になるかもしれないから」

事故：銀行においては事務ミスのことを指す。多くの行員はこれを恐れている。

その日扱った帳票は事務センターというところにすべて送られ、チェックされる。もし間違いがあったら事故として本社に報告され、その店舗の評価はがた落ちになる。全店舗にどこそこで事故があったと公表されるし、もちろん指導の対象にもなるし、人事評価にかかわってくる。そのため銀行員はつねに事故を恐れているのだ。

「でも、これくらいならいいんじゃないですかね。うまく字が書けないみたいなので」

「ご高齢なの？　うーん。気持ちはわかるけど、その人だけを特別扱いするわけにはいかないよ」

なんとかならないかと食い下がってみたが、浅沼課長は指示に変更を加えなかった。仕方なくカウンターに戻り、きょとんとした顔でぼくを待っていたおばあさんに書きなおして欲しいと伝えた。おばあさんは、ああ、そうですかととくに不満を述べることなく引き受けてくれて、卓上ペンをおぼつかない手でとり、口座番号を書きなおそうとした。

「すみません、その前に訂正印をいただいてもよろしいですか」

「ああ、訂正印ね」

と言っておばあさんはビニール袋をとり出した。そのなかには通帳やカード、保険証などおおよそ銀行で必要になるものが一式入っていた。もちろん判子もあった。おばあさんは非常にゆっくりとした動作で間違った箇所に二重線を、ミミズがのたくったような線ではあったが、とにかく震える手で引いて、その上に訂正印を押す。

たったそれだけのことではあるが、かなりの時間がかかった。

気づけば十二時を過ぎていて、待合席は順番を待つ客で埋め尽くされている。立って待っている客の姿もあった。皆一様に苛《いら》ついている。それをおばあさんも悟ったのか、少々慌てて口座番号を書こうとする。ただでさえ手の震えのせいでうまく書けないのだ、慌てればよりまずくなる。時間がかかってもいいんですよと声をかけたが、おばあさんは何も答えずに必死にペンを走らせた。しかしその数字は、書きなおす前より汚く、読めないものであった。

「ごめんねえ……」

かなしさと申し訳なさが同居した何とも言えぬ笑みを、おばあさんはぼくに向ける。

なんだか自分がひどい仕打ちをしているようでたまらないほど心苦しくなった。自分にできることはないのか。そう思って視線を周囲にめぐらせたとき、ぼくの眼は彼女の通帳の上でふいに止まる。

「カードは持っていますか」

「カード？　ああ、普通のものでしたら袋のなかに」

とおばあさんはカウンターに置かれたみらいのカードのチラシをちらと見てから言った。それで充分だった。というか、みらいのカードなんてこの際はどうでもよいのだ。

「窓口をお願いします」と後方に向かって告げ、ぼくは急いでローカウンターから出た。そしてきょとんとするおばあさんを連れてＡＴＭコーナーへ向かった。

果たしてそこは長蛇の列だった。ＡＴＭコーナーは窓口以上に混雑する。わずかに辟易《へきえき》した気分に陥ったが、嘆いている場合ではない。ぼくはおばあさんと一緒にとにかく最後尾に並んだ。

「どうするんですか」不安げにおばあさんは言った。

「ＡＴＭでも送金はできます。タッチパネルですから、もう字を書かなくても大丈夫ですよ」

「でも、やったことがないから。難しいんでしょう」

「それも大丈夫、ぼくがついていますから。たぶんこの列のなかでぼくが一番うまくATMを扱える」

「そりゃそうでしょうよ」と真顔でおばあさんは言った。一方のぼくはしかめっ面になる。未来のジョークは二十一世紀では通用しないようだ。

ようやく順番が回ってくると、ぼくはひとつひとつ丁寧に送金のやりかたを教え、おばあさんを補佐した。本人確認が必要な送金ではなかったので、画面に表示される指示通りにタッチしていけばよいのだが、おばあさんはこの手の機械にほんとうに疎いようでことあるごとにどうすればよいのかと訊ねてきた。また、押し間違えもあった。送金が終わる頃にはかなりの時間がたっていた。

「最後に、相手先の口座を登録しておきましょう。そうすれば、今度はもっと簡単に送金できますよ」

「ほんとうに、ありがとうございます」と言っておばあさんは頭を深々と下げた。

「忙しかったんでしょう。それなのに、わざわざ手伝ってくれて……親切なのねえ。ここに来てよかったわ」

「これがぼくの仕事ですから」

と何気なく言った科白がやけに自分の胸に突き刺さる。

押し寄せる客を効率よくさばくことも、規則を守ることも、もちろん重要だ。しかしそれだけならATMのように窓口をすべて機械化してしまえばよいのだ。そのほうがきっとうまくいく。

たぶんそんなことはたいていの人がわかっている。

それでもあえて生身の人間を窓口に置いているのは、きっと顧客に寄り添ったサービスを提供するためなのだと思う。殿様商売ではなく親身にお客さんの話を聞き、機械的ではなくお客さんのことを考えて手続きを行う。きっとそういうことをするためなのだ。そしてお客さんに、ここに来てよかったと思ってもらうため、ぼくたち行員は窓口にいるのだ。

なるほど、これが二十一世紀の真心か。非効率的なのは全部わざとなんだな。すばらしい。拝金主義で冷酷な時代だと思っていたが、ちゃんと人のやさしさが残っているじゃないか。

ぼくは嬉しくなるのと同時に、自分の仕事の意義を見つけたような気がした。

よし、そうと決まれば全力でとりかかるぞ。みんなに満足してもらって、笑顔でわが桜ヶ丘支店をあとにしてもらうのだ。

おばあさんを見送ったあと、決意を新たにぼくは窓口フロアに戻った。

尋常ではない人の数だった。待合席は埋まり、大勢のお客さんが時計を気にしながら立っていて、心なしか蒸し暑い。お客さんのなかには、いつまで待たせる気なのかとコンシェルジュにつめ寄っている人もいた。騒然たる様子だった。

当の窓口はもっと騒然としていた。忙しさのあまりてんてこ舞いになっていたのだ。何人もの行員がマニュアルを確認しに行ったり、あるいは免許証のコピーをとりに行ったりと、普段はもうちょっと慎み深く歩いているのにこのときばかりは徒競走でもやっているかのように慌ただしく駆け回り、そして運の悪い行員がけつまずいて書類をまき散らしている。ちょっとした地獄絵図だった。

やっぱり、機械化したほうがよいのかもしれない。

そう思った。

③昼休み

自分では何とも思わないのに、ほかの人から好奇心の的になるものがある。

昼食などそうだ。

同じ調査班のリョータやキリエさんからも、いったいどこで昼食をとっているのかと訊かれたことがある。

どうしてそんなことに興味があるのだろう。べつに普通だ。うちには建物内に社員食堂があるからたいていの場合はそこで済ます。弁当や軽いものをコンビニで買ってきて休憩室で済ます人もいる。そういう人はだいたいが女性行員だ。なぜか知らないけど、社員食堂は男、休憩室は女といったふうに棲《す》み分《わ》けされているのである。休憩室についてぼくは多くを知らない。女子更衣室の近くにあることは知っているのだが、どうも女の園のような雰囲気があって近づけないのである。

しかし、それにしても変な話だ。食堂は、まあ白状するとこぎれいとは言いがたい。でもそれなりにひろいのだから、全員で使わないともったいない。一度、ぼくだけがぽつんとひとりでご飯を食べていたこともある。それに対して、食堂のおばちゃんは三人だ。なんて贅沢《ぜいたく》なんだろう。ご飯はこの人によそってもらおう、味噌汁《みそしる》はこの人、メインディッシュのアジの開きはこの人、といったふうに担当者を選ぶことだってあるいはできそうだ。

いや、そんなことをして何になる。むだなのだ。上層部は経費削減に腐心しているようだが、このむだに人件費を浪費しつづける現状を把握しているのだろうか。きっとしていないんだろうな。いつか彼らが人員削減を言い出したら、この食堂問題をとり上げて徹底的に戦ってやろう。同じようなむだを抱えている店舗は、きっとうち以外にもあるはずなのだから。

それはともかくとして、基本的にぼくは食堂で昼食をとるが、たまに気分を変えたくなったら外で食べることもある。

これ。外で食べてもよいと言うと、みんな（ぼくにとってのみんなとは、リョータとキリエさんの二名だけなのだが）驚いた顔をする。そしてこう言うのだ、外に出て食べていいのかと。そんなことしていいのかと。

いいに決まっている。なんだ、ぼくたち銀行員は牢屋《ろうや》に押し込められた囚人なのか。たとえばサラリーマンが昼に五百円を握りしめ、家庭内の上下関係から生まれるものがなしさを背中で語りながら牛丼屋に向かったとしても多くの人は疑問に思わないだろう。普通のこととして受けとめるはずだ。であればなぜ銀行員はだめなのか。銀行員だって要はサラリーマンだ。自由に外で食べる権利くらい持っているし、それに掣《せい》肘《ちゅう》を加えることなど誰にもできないのだ。

とはいっても最低限のマナーはある。それは私物の上着を羽織ったりして、制服を隠すことだ。べつに強制されているわけではない。隠したほうがよいのではないかという空気があるので、それになんとなく従っているのだ。しかし、男性行員はわりとそのままの姿で外に出てしまう。長らく男性に制服がなかったので（背広が一種の制服だった。また、支店長や部長といった管理職はいまでも背広を着用している）、その時代の感覚をいまだに引きずっているのだろう。あるいは単純に男の制服は背広と大差ないので、遠目からではわからないと思っているのかもしれない。

いずれにせよ、ぼくは私物の上着を制服のジャケットと交換して、外に出ることにした。まあ私物の上着がずいぶんカジュアルなものだったのでコーディネイトとしては最悪だったのだが、ぐっと我慢した。

遅れて亜梨沙が裏口から出てきた。カーディガンを羽織っていたが前のボタンを止めていないので、制服のグレーのベストが見えている。一応、みらい銀行のシンボルマークがプリントされた首もとのリボンはとっているようだが、わかる人にはすぐにみらい銀行の行員だとばれてしまうだろう。

注意しようか迷ったが、結局ぼくは何も言わなかった。そもそもぼくは彼女を励ますために昼食に誘ったのだ。

亜梨沙はたしかに優れた営業能力を持っている。だが、天は二物を与えず。彼女にはおおざっぱな面というか、細かい作業を嫌う傾向があって、実はちょくちょく事務ミスを起こしている。

午前中、ぼくがおばあさんをATMに連れていっているあいだにも彼女はミスを犯した。本人確認の不備だ。十万円以上の現金での送金は本人確認をしなくてはならない。彼女もその点は知っていたので、お客さんから運転免許証を提示してもらって処理をすすめた。そして処理が終わったあと、本人確認を必要とする送金では二者点検をしなくてはならないため、後方の浅沼課長へ書類を渡して確認してもらった。そこで間違いが発覚するのである。送金人が法人名だったので、運転免許証では本人確認にならなかったのだ。

どういうことかというと、送金人が会社である以上、その会社自身の本人確認をしなくてはならず、窓口にやってきた人の本人確認をしても意味がないのだ。具体的には、会社の登記簿などを持参してもらう必要がある。ちょっとややこしい。新人が一度は失敗すると言われるありがちなミスである。

亜梨沙が免許証ではだめだ、登記簿を持っていないかと訊ねたところ、お客さんはそんなもの持っていないと言った。というか、登記簿をつねに持ち歩いている人間がどこにいるのだと。まあその通りなのだが、銀行だって法令にもとづいて本人確認をしているので、仕方がないですね、今回だけですよ、とはならない。

結局、送金は中止することになり、亜梨沙は慌てて返金処理を行ったそうだ。そのあいだ、お客さんから手ひどく罵倒もされたようで、すっかり彼女は意気消沈してしまったのである。

「元気出しなよ。誰にだって失敗はあるさ」

裏通りにあるおいしいと評判のおそば屋さんでぼくたちは昼食をとっていた。ひろくはなく、かといって狭いというわけでもなく、ちょうどよいひろさの落ち着いた店だった。ぼくの注文した天ぷらそばは評判通りうまかった。つゆが濃すぎないのがよい。上品な旨味《うまみ》があって、香りもよい。また、麺にはこしがあり、海老《えび》はぷりぷりとしていて噛《か》むたびに甘みが出てくる。

亜梨沙はこの店の名物の鴨《かも》南蛮そばを食べていた。むすっとはしているが味に文句はないようで、下手くそに啜りながらおいしい、おいしいと言った。連れてきてよかったと思った。もちろんぼくのおごりだ。

「気に入ってくれたようでよかったけど、ぼくの話を聞いている？」

「聞いているわよ」

紙ナプキンで口もとをぬぐってから亜梨沙はやや非難のこもった声で言った。

「慰めの言葉なんていらないわ。むしろ、にやにやと笑いながらわたしをなじればいいのよ。日頃偉そうなことを言っておいてあんな簡単な処理もできないの？　もしかして疲れてる？　体調悪い？　そうじゃないとあんな間違いなんて普通はできないよねえ。よし、仕方がないから将来有望な総合職さまであるぼくがかわりにやってあげるよ。そうするべきだぜ」

「そう言えばいいの？」

「言ったら怒るわよ」じとっとした眼を亜梨沙はぼくに向けた。「ふん、お生憎《あいにく》だけど、わたしはこれくらいで落ち込んだりしない。プロフェッショナルだもの、気持ちを切り替えるすべくらい知っているわ」

「とてもそうは見えないというか、むりしてない？」

「平気よ」と言って亜梨沙は水を一気にあおった。「かあぁ！」

それはビールを飲んだときに二十一世紀的おっさんが発する声とよく似ていた。

変な声だと思ったが口には出さなかった。

④給料

勘定を済まして店から出ると、亜梨沙がぼくの袖を引っ張った。どうかしたのと訊ねる。すると彼女は財布から千円札を抜きとって、ぼくに握らせた。

「前にも言ったけど、おごってもらうのって好きじゃないの。というか、おごってもらう理由がないわ。あなたがマッチョ思想の持ち主で、女と割り勘するなんてたえられないというのであれば、まあ今回だけはあなたの思想に従ってもいいけれど、そうではないんでしょう。どうなの？　もしかして違うの？　女なんてみんな男の所有物だ、家で料理でもつくっていればいいと思っている？　なるほど、それならわたしは逆の立場で意見させてもらうわ。寝言でウーマンリブって言うくらいのフェミニストの立場でね。徹底的に議論して、女性の社会進出の是非を問いましょう」

「えっと……」言葉を探すのと同時にぼくの視線もさまよった。「思想とか主義とかの話じゃなくてね、そうしたいんだ。おごりたいからおごる、それだけの話さ。難しく考えないで欲しい」

「なんだか下に見られているみたい」

「そんなことはないって。ぼくたちは対等さ。同期なんだから。今回はぼくがおごるけど、そうだな、もしいつかぼくが落ち込むようなことがあったら、そのときはきみが食事に誘ってよ。もちろんきみ持ちで」

「だからわたしは落ち込んでなんかないわよ」

頑なに亜梨沙は否定したが、それでも今回はぼくがおごることに納得してくれたようでお札を財布にしまおうとする。だがふと、何か疑問を感じたような顔になって、彼女はぼくを上眼遣いで見上げた。

「あなたって給料はいくらもらっているの？　総合職だからわたしより多いんでしょうけど」

「きみの給料はいくらなの？」

「初任給は、手どりで十五万くらいだったわ。あなたは十八くらい？」

「いや、二十くらいだったかな」

「はあ？」と亜梨沙は大声を出した。「えっ、はあ？」

「どうかしたの？」

「どうかしているのはあなたの給料のほうよ。手どりで二十万？　保険料とか税金とかもろもろ天引きされて？　総合職はみんなそうなの？」

「みんなというか、ぼくは一応大学院を出ていることになっているから、その分プラスされているんだよ。でも、おかしな話だよね。ぼくときみはいま現在同じ仕事をしているのに、ここまで違いがあるなんて」

「おかしくはないでしょう」

「そうなの？」亜梨沙があっけらかんと言うので、ぼくは肩すかしをくらった気分になった。

「よくは知らないけど、カズマくんはこつこつ努力して学を積んできたんでしょう。そういった姿勢を銀行が評価して好条件を与えることに特別おかしさは感じないわ。けれどこの差が一向に縮まらないのは、おかしいと思う。あなたの頑張りが評価されたように、日々の仕事でも頑張ればちゃんと評価してベースアップにつなげるべきよ。これって当たり前のことだと思うのだけど、うちは年功序列というか、公務員的というか、努力に対する報酬が正当に支払われていないわよね」

「残業すれば手どりは増えるよ」

茶化したつもりだったのだが、亜梨沙は真剣な表情のまま言った。

「現場だと残業はほとんど禁止されているじゃない。まあそれが悪いことだとは思わないけど、でもね、聞いた話だと本社では三六協定《さぶろくきょうてい》に引っかかるくらい残業をしているそうよ。現場には禁止しておいて自分たちは残業だらけなんて、なんていうか、滑稽な話よね」

「三六協定？」

「時間外労働をさせ過ぎないための決まりよ。ちゃんと憶《おぼ》えておきなさい、来年のいま頃はこれに頭を悩まされることになるんだから」

「来年のいま頃ね」

総合職のぼくたちはあくまでも研修の一環として現場にいる。だからそのときが来れば、ぼくたちは本社に戻らなくてはならない。

いずれぼくはこの地を離れる。そして、いつかは二十一世紀からも離れる。

わかり切っていた事実が、いまさらぼくを少しだけさみしくさせた。

⑤色々と調べてぼくはこんなことを知った。
モンテ・デイ・パスキ・ディ・シエナという銀行がイタリアにある。そこは１４７２年に創業されて以来ずっとつづいていて、現存するなかで最古の歴史を持っているそうだ。つまり、およそ五百年つづいている。

五百年前、その銀行は存在した。現存しないものを含めてもよいのなら、もっと遥《はる》か昔にも銀行はあった。

けれど五百年後には銀行は存在しない。

ぼくたち人類は何を得て、何を捨てることにしたのだろう。

⑥ぼくはふと未来のことを思い出した。

トダのことを思い出すと、ぼくの胸は張り裂けそうになる。彼を助けるにはぼくはあまりにも無力で、また、幼かった。

もしかしたらぼくはその埋め合わせを二十一世紀で行っているのかもしれない。

亜梨沙や日々出会う多くのお客さんにトダの影を探して。

変だなあ。誰もあいつには似ていないのに。

⑦日締め

三時になり、窓口がシャッターで閉ざされると、そこから地獄の時間がはじまる。日締めだ。

自分が処理した証拠書すべてを間違いがないかチェックしつつ再度計算して、それぞれの窓口にある端末のジャーナル（その日、その端末で、誰がどんな処理をしたのかすべて印字されるもの）と突き合わせる。そして間違いがなければ全部の窓口の数字を合算して、店の金庫のお金と同じであるのか確認するのだ。一円でも違っていれば大事だ。それは重大な事故になるし、原因を解決するまでは帰ることができなくなる。

はっきり言って、一日のうちで一番忙しい。確認しなければならない書類は山のようにある上、五時までに必ず日締めを終わらせ、その結果をデータで本社に送らなくてはならないので速度も問われる。ゆっくり、丁寧にやっていてはだめなのだ。しかし、正確でなくてはならない。

窓口の行員はピリピリとした雰囲気で、電卓片手に計算している。一方のぼくは、脳チップに自動計算させているので用紙つまり証拠書を見るだけでよい。しかも記入ミスなどがあれば網膜デバイスに当該箇所が表示される。ずるをしているみたいで心苦しくはあるが、まあ楽なんだから仕方がない。これに頼らざるを得ない。

しかしこういった未来の技術の恩恵を受けても、ベテラン行員より速度が遅いのだから驚きだ。

「ミヤモトくんは一週間休暇いつにするの？」

長年窓口業務の荒波に揉《も》まれてきた明美さんは涼しい顔をしながらそうぼくに訊ねてきた。彼女はすでに自分の作業を終わらせ、チェックの済んだ証拠書を窓口と後方を仕切るように置かれた腰上くらいの高さのキャビネットの上に種類ごとに分けて並べている。こうやって種類ごとにまとめて、それぞれの地域の事務処理を統括する事務センターへ送付するのだ。

「一週間休暇ですか？」ぼくはちょっと証拠書から眼を離して、真後ろで作業する明美さんに言った。「まだ何も考えていないです」

「そんなんじゃだめよ。ぼやぼやしていると人気の期間はとられちゃうんだから」

「人気の期間？」

「お盆とか」と明美さんは手際よく書類を並べながら答える。「シフトの兼ね合いがあるからね、お盆や正月付近は争奪戦になるよ。ああ、ひとつ忠告。クリスマスのあたりは一週間休暇をとらないほうがいいわ」

「忙しいから？」

「生意気だから」と言って明美さんは笑った。

便宜的に一週間休暇と呼ばれているが、その正式な名称は「一週間の職場離脱」である。うちだけに限らずどこの銀行でも年に一度、五日間連続して職場を離れなくてはならず、結果的に一週間まるごと休むことになる。これはもちろん行員にバカンスを満喫させるためではなく、不正や犯罪が行われていないかチェックするために行員を職場から離すのである。また、金融庁からの通達によって実施されているので、この連続休暇を拒否することはできない。

とはいっても、何も悪いことをしていない行員からすれば、この連続休暇はバカンス以外の何ものでもない。里帰りをする人もいれば、海外旅行に行く人もいるらしい。盆や正月付近が人気というのも、きっとそのためなんだろう。

「亜梨沙はいつにするの？」

何の気なしにとなりのブースへ問いかけてみた。しかし返事はない。ぼくは気になって亜梨沙がいるはずのブースを覗き込んでみた。

真剣な表情で亜梨沙は証拠書をにらみつけていた。火が出そうだった。どうやら集中しているため、ぼくの声が聞こえないらしい。

彼女が日締めを終わらせるのはいつも最後だった。きっと午前中のミスが効いたのだろう、今日はいつもより早く終わらせよう、そして間違いのないようにしようという意気込みが雰囲気から伝わってきた。

「頑張れ」と呟いて、ぼくは顔を引っ込めた。

なぜか明美さんがにやにやとぼくを見てきたが、無視することにした。

⑧しかし間違いは起きてしまう。

店内のすべての行員に緊張が走った。現金過不足が起きたのだ。店の現金と窓口の計算結果を突き合わせたところ、わずかに足りなかったらしい。一万円にも満たない数千円の不足ではあったが、店内の雰囲気は一億円の損失が生まれたかのようだった。

正直なところ、現金過不足はそう頻繁に起こるものではない。ぼく自身、経験するのははじめてだった。だから、てっきり現金過不足が起きると、全員で床に這《は》いつくばってどこかにお金が落ちていないか探したり、あるいはよーいどんで一斉にみんなで再計算したり、つまり人海戦術というかマンパワー頼りというか、そういう強引な手法で解決するのだとばかり思っていたのだけど、実際にはそんな非効率的な作業はしなかった。むやみに慌てることもなかった。

課長やベテラン行員が集まり、原因について静かに話し合う。

「たぶん、公金じゃないかな」

と明美さんが言うと課長もほかの行員も同意を示し、ぼくたちは国民健康保険の支払いを中心に再度点検することになった。

「なぜ公金だとわかるんですか」

疑問に思ってぼくは訊ねてみた。すると明美さんは何でもない調子で答える。

「まあ長くやっているとね、不足金からだいたい予想できるのよ」

「そうなんですか」素直にぼくは感心した。「もし見つからなかったらどうなるんでしょう」

「昔はね、カンパで補塡してたこともあるけど、いまはもうそんなことしたらだめだからねえ。私金補塡はコンプライアンス違反だから」

「昔？」彼女の話しぶりから、もしかしたらぼくが考えている以上に年上なのかもしれないと思った。ひょっとしたらふた回りくらい離れているのかもしれない。しかしそのわりに声や仕草が若々しい。「それで、どうなるんですか」

「大変なことになる」と明美さんは言った。彼女自身よく知らないのか、具体的なことは教えてくれなかった。「とにかく急がないと。公金みたいな国が絡んでくるお金はね、絶対に間違いがあってはいけないのよ」

「間違いがあるとどうなるんです」

「大変なことになる」とまた明美さんは言った。

よくはわからないけどベテランが大変なことになると言うのだから、きっとぼくの想像を超えたとんでもないことになるのだろう。ぼくは慌てて自分の処理した公金を再度点検した。とはいっても、もともと公金はハイカウンターが扱う処理なので、ぼくが処理したものは六件しかなかった。ハイカウンターが混雑したときに応援で処理したものだ。どちらも間違いはなかった。

「あっています」と浅沼課長に報告する。

「ハイカウンターはどうですか」

浅沼課長がそう訊ねると、ハイカウンターのほうも間違いはなかったようで、あっていますという声が返ってくる。ぼくは嫌な予感を覚えて亜梨沙のブースを覗いた。彼女は公金の証拠書を持ったまま、青ざめた顔をしていた。ああ、と思った。同時に、彼女はゆっくりとこちらに顔を向け、消え入りそうな声で言った。

「間違っている」

「どこが？」と言ったものの、ぼくは彼女の返答を待たずに証拠書を見た。

確認してみると、わけのわからないことになっていた。とり消し処理やらなにやらが複雑に行われている。公金のオペレーションなんてもっと単純なものなのだが。

「お客さんがいっぱいいたから焦ってミスしちゃって、それでミスした処理をとり消したのだけど、そのとり消し処理もミスで……でも、どうにかなったと思っていたの」

「大丈夫、落ち着いて」と狼狽《うろた》える亜梨沙にぼくは言った。

細かいことはわからないが、どうやら二件処理しているのに一件分の料金しかもらっていないようだ。そしてそれは不足している金額と合致する。駆け寄ってきた明美さんに証拠書を見せると、彼女はなにこれと呟いて困ったように笑った。ベテラン行員が困惑するほどわけのわからないオペレーションを亜梨沙はしてしまったらしい。

「このとり消しが反映されていないのかな……ああ、違う。これはここでとり消されているのね」難しい顔をしたまま明美さんは言った。

「でもそのとり消しは、ほら、ここでさらにとり消されてて……」とぼくは指し示す。

「複雑だねえ……」

「わたし、ど、どうしたら？」

亜梨沙はそのきれいな眉宇を不安に曇らせる。すると、明美さんはきつい言葉を浴びせるのではなく、むしろやさしく微笑んでこう言った。

「平気、平気。どうにかなるから。ええとね、確認するけど、これは二件の支払いでいいのよね？　それなら亜梨沙ちゃんはお客さんに電話して。足りない分を回収しに行こう。書いてもらっているよね、連絡先」

公金の支払いでは、専用の用紙に日中に連絡のとれる電話番号を書いてもらうことになっている。これはどこの銀行でも同じらしい。

亜梨沙はさっそく店の電話を使って相手に連絡を入れた。幸いにも電話に出てくれたようで、処理に誤りがあったことを陳謝した。それから浅沼課長がかわり、亜梨沙同様陳謝してから、不足分をとりに行ってよいかと訊ねる。

すでに四時五十分を回っている。五時の仮締めには間に合いそうにないと判断したのか、部長はちょうど窓口にやってきた支店長に、本社へ一報を入れておきますと言った。ちょっとミスがあってと。

「あ、そう」支店長は斜め上に顔を向けたままそう答え、そして何ごともなかったかのように窓口から出ていった。たぶん支店長は終業時の集まりのためにやってきたのだろうが、それどころではないと察したのだろう。もちろん彼があれやこれやと事務処理を手伝うことはない。支店長に手伝わせるなんてとんでもない！――ということではなく、彼が現役だった頃といまとではやり方もオペレーションもまるで違うので、まあはっきり言うと手伝ってもらってもあまり役に立たないのだ。

「みなさん、聞いてください」電話を終えた浅沼課長が声を張った。「これからわたしと篠塚さんとでお客さんの家に行ってきます。そのあいだ、みなさんは残った処理をしていてください」

課長は社用車の鍵を持って窓口から大急ぎで出ていった。そのあとを亜梨沙が追いかける。ずっとうつむいていて、また、背中はやけに弱々しく見えた。

⑨すべての処理が終わり、定時の五時半になってもぼくたちは席に座って亜梨沙や課長が帰ってくるのを待っていた。電気は最低限しか灯《とも》っておらず、薄暗い。
「ねえ、ミヤモトくん」と明美さんがヘアゴムを外しながら言った。「亜梨沙ちゃんは意地っ張りというか、変に頑張るところがあるじゃない？　まあ頑張ること自体は

いいんだけど、でもやっぱり、人には向き不向きがあるでしょう。あの子ができないことはきみがフォローしてあげられないかな？　もちろん、きみにもできないことがあったらあの子にフォローしてもらったらいい。そうやって助け合うのが同期だと思うのよ。やっぱり特別でしょう、同期行員って。先輩や後輩にはそういう頼めないじゃない。特別なのよ。だから、大切にしないといけない」

「なんだか、明美さんにはもう同期がいないような口ぶりですね。退職されたんですか」

「言わない。わたしが行き遅れだと思われるのが癪《しゃく》だから」

「前々から疑問だったんですけど、おいくつなんです」

「なに、わたしに気があるの？」明美さんはいたずらっぽく笑った。「やめておいたほうがいいよ、わたしはすごいから」

何がすごいのだろう。

亜梨沙が戻ってくるあいだ、ぼくはずっと考えていた。
⑩仕事が終わるとぼくは亜梨沙を誘って居酒屋に行った。彼女はわれを忘れたか

のように酒をあおった。

「わたしはねえ、向いてないのよ、この仕事」

テーブルに突っ伏し、いかにも酔っ払った調子で亜梨沙は弱音を吐いた。かたく握りしめているジョッキは空だった。ぼくは苦笑いを浮かべたまま訊ねる。

「まだ飲む？」

「飲まいでか！」

妙なテンションだった。ひとまずぼくは店員を呼んで、おかわりを注文した。

「ところで、お客さんのところに行ってどうだった？　怒られた？」

「べつに、怒られたりしなかったわ」

彼女は顔を起こしてぼくを見た。眼が据わっていた。

「すごくいい人で、あなたも大変ねえって声をかけてくれて……課長も同じよ。怒ったりしなかった。みんなだって、すごく迷惑をかけたのに誰も怒ったりしなかった。それが余計につらかったわ。ののしられたほうが楽よ」

「そういうもんか」

「そういうもんよ」

やがて店員がビールジョッキを持ってやってくる。ぼくたちは黙った。店員が空になったジョッキを持って立ち去ると、それが合図だったかのように亜梨沙が口を開いた。

「わたし、銀行員をつづけていていいのかなあ」

「いいに決まっているよ」

「そうかなあ。事務ミスを連発する銀行員なんてだめだと思う。いくら営業成績がよくたってそれは帳消しにならないわ」

「自分に厳しいんだね。でも、ぼくらはまだ新人なんだから、やっぱり完璧にはこなせないと思うんだ。失敗するのは仕方がないよ。重要なのは、その失敗から学ぶことだ。きみは頭がいいんだから、今回の失敗から多くを学んで次に活かせばいい」

「あなたが言うと皮肉に聞こえる」

そう言ってからビールを飲み、また亜梨沙はテーブルに突っ伏した。そして細い指でビールジョッキについたしずくに触れる。

「時々思うのよ、自分は何のために銀行員をやっているんだろうって。営業成績にこだわるのも、結局は反発心なのよ。やりたくてやっているわけじゃない。女だから、地域採用職だからって見下してくる何かに対して、わたしは子供じみた怒りをぶつけていただけ。これだっていう一本通った芯がないのよ。銀行員をつづける意義みたいなものが」

「それはたぶん、みんな同じだよ」とぼくは言った。「靴と似ているのかもしれない。靴は履いているときその存在を忘れるけれど、それは確実にぼくたちの足にあって、ぼくたちの歩みを助けている。あのね、ぼく自身、何のために銀行員をやっているのか、実のところよくわからない。明美さんだって、課長だって、きっとみんなよくわからないまま働いている。それでいいんじゃないのかな。わからないからぼくらは考えつづける。考えつづけるからぼくらは変わることができて、また、進歩することもできる。そうやってぼくたちは歩んでゆく。でもね、ずっとひとりで考えてちゃいけない。それは必ず悪い道を指し示す。だからね、たまにはぼくを頼ってよ。できないことはお互いに協力して対処し、どうしたらよかったのかあとでふたりで考えよう。そうやっていけば、きっとよりよいところにぼくたちは行けると思う」

彼女は何も言わなかったが、ぼくはこうつづけた。

「悩む時間は重要だけど、悩みたいだけの時間ならはっきり言っていらない。きっといまのきみは後者なんだろう。それなら、今日はいっぱい飲んで、ぐっすり休めばいい。よく眠るんだ。悪いときはそれに限る。明日にはまた違った感情が生まれているはずだよ。人間っていうのはそういうふうにできているんだ。まあとにかく、きみに落ち込まれると調子が狂うんだよね。いつもみたいに挑戦的で、ぼくをやたらとライバル視しているほうがいい。そういうきみのほうが、ぼくは好きだなあ。ははは、好きだって。ぼくも酔っているのかな」

⑪テーブルに突っ伏したまま亜梨沙はこう呟いた。

「馬鹿」

⑫翌日、ぼくはいつも通り出勤した。

昨日の事務ミスがあっても、窓口内の様子は変わらない。変わらない朝の静かな時間。ぼくは自分の窓口に行き、椅子に座った。

「ねえ」

となりのブースからおずおずと亜梨沙が顔を出した。恥ずかしさを押し殺すかのような表情を浮かべていた。

「わたしは酔っ払っても記憶が飛ばないというか、酔っているときのことも鮮明に憶えているタイプなんだけどね」

「うん」とぼくは肯いた。

「だから、つまり……」亜梨沙は視線をさまよわせてから、大声を叫ぶときのように急に力強く瞼《まぶた》を閉ざした。「わたしが左手を挙げたら、あの、助けてください」

「え？」

わけがわからなくて言葉を失ったが、すぐに、事務処理がわからないことがあったときは助けて欲しいという意味なのだと理解した。

「だめ？」とおそるおそる彼女は訊ねる。

「だめじゃないけど、ついたてがあるからね、左手を挙げられてもこっちからは見えないよ」

「ああ、そっかあ」

亜梨沙は問題のついたてにもたれかかり、ひどく落胆した。その姿がなんだか微笑ましく思えた。

「いや、いいよ。左手を挙げなよ、学校の教室みたいにさ。愛嬌《あいきょう》があっていいね」

「意味がないんでしょう」

「ちょくちょく亜梨沙のブースを覗くようにするよ。だから大丈夫」

「ほんとう？」亜梨沙の表情はぱっと明るくなった。「混雑してきたら、十分おきに見てよ」

「わかった、わかった」

と言ってぼくは笑った。

たぶんぼくたちの距離は、昨日よりも近くなっていた。

⑬そしてぼくは。

こうやってまとめてみると、ぼく自身、考えさせられることがある。

ぼくはちゃんと銀行員をやれているのかなと。

調査のためにここにやってきたのだからそこまで頭を悩ます必要はないのかもしれないけれど、やるからにはちゃんとやりたいというか、亜梨沙とか明美さんとかほかの人たちがその人たちなりに頑張っているのを見ると、やっぱり自分も頑張ろうという気になるのだ。これはたぶん、悪いことではないと思う。

まあそうはいっても、なかなかうまくいかないことはある。営業成績は相変わらず低空飛行だし、一生懸命端末をたたいていてもお客さんから遅いと怒られることだってある。亜梨沙だって、まだミスは多いし、時折助けを求めて左手を挙げている。

結局、近道なんてものはないのだろう。迷って、失敗して、それでも互いに励まし合ってぼくらは一歩ずつすすんでゆくしかない。つづけてゆくのだ。そしてその積み重ねこそが、ちゃんと銀行員をやるということなのだろう。

すべてがうまくいけばいい。そう願っている。

3　夢：眠っているときに見るもの。または、寝不足の人間が起きているときに追いかけるもの。

電車の音で眼を覚ました。テレビが真っ黒な画面を映していた。つけっぱなしのまま眠ってしまったようだ。

窓の外はやけに暗かった。寝過ぎたのかと思ってカーテンを開けると、雨が降っていた。梅雨がはじまろうとしている。

冷蔵庫からゼリー飲料をとり出し、ちゅーちゅー吸いながら布団の上に座る。

昔の夢を見ていた気がする。

けれどそれがどんな内容だったのか思い出せない。

むりして思い出す必要はないのかもしれない。どうせ嫌な夢だ。ぼくは五百年後の未来人であることに誇りを持っているけれど、ではあの時代が好きなのかと問われれば返答に困ってしまう。

理由はいくつかある。たとえば自分の容姿。

精卵提供者がネイチャリストだったこともあってぼくの容姿は未来の一般的な容姿

とは異なっている。遺伝子デザインによって容姿による格差はなくなったとよく言われているが、ぼくにはリアリティーのない話で、むしろ差別を受けることのほうが多かった。

二十一世紀においても整形手術などによって顔を変えることがあるが、これを受けた人々の顔がどこか似通うように、デザイン処理を受けた人々の顔もまた似通う。画一的と言ってもよい。みんな人工的な美しい顔、中性的で繊細な体つき、そんななかで自然の状態で生まれてきたぼくは異質以外の何ものでもなかった。

その意味では、ぼくは未来以上に二十一世紀に馴染めている。価値観の違いによって苦しむことはあるけれど、気味悪がられることはない。というより、桜ヶ丘支店の明美さんにはアイドル顔だと褒められたことがある。アイドルというのは偶像を意味し、その美貌によって崇拝の対象にまでのぼりつめた人を指して言う言葉で、つまるところが宗教団体の開祖なのだろうと睨《にら》んでいるのだが（事実、アイドルのとり巻きは信者と呼ばれている）、そういった人たちと同等の容姿であると言われるのはたとえお世辞であっても悪い気はしないというか、はっきり言えばいい気になる。

遠からずぼく目当ての客が店に殺到するだろう。

そんな確信がある。

未来では顔が画一化され、それに伴って人の評価基準が容姿から内面、すなわち社会的貢献度に変わった。その結果恋愛は、ともによりよい社会をつくってゆくパートナーをさがす行為だと認識されるようになった。

だが、二十一世紀は違う。

資本主義に骨の髄までおかされたこの時代は、消費がすべてだ。文化も社会も一切は消費され、その消費行動のなかでより効率的に、効果的に消費を促進するシミュラークルが生み出され、世界に氾濫している。恋愛もまたそのポストモダン的消費のなかに存在するので、二十一世紀的恋愛においては最も価値のある消費をするために記号論的観点からパートナー選びを行うのであり、つまり何が言いたいのかというと、それなりの時間を一緒に過ごしてきた篠塚亜梨沙はぼくに動物的性愛を向けていなくてはならないのである。

自らの性衝動を抑えきれずそのような妄執にとらわれているわけではない。

ぼくら第二次調査団を派遣した代表協会から、二十一世紀人と深い関係を構築し、そのサンプルをとれと指示があった。わが班ではその任務をぼくが担当することになった。どうもオフィスラブなる文化を調査したいらしく、適任なのがうちの班ではぼくしかいなかったのだ。対象者は同期社員である篠塚亜梨沙になった。

代表協会の意思は、社会の意思と同義だ。ぼくにはその決定に逆らうつもりなど毛頭ないし、不満を持つことすら自らに禁じている。むしろぼくは協会に感謝した。亜梨沙の見てくれには二十一世紀的美がある。やや丸みがあって小さな顔にも、絹のようになめらかか肌にも、また、はっきりとした二重瞼《ふたえまぶた》の眼にも、ぼくは記号論的性愛衝動（これを二十一世紀では萌《も》えというらしい）を感じることができる。すばらしい女性だと思う。非常に光栄だ。性格だって……いや性格はだめだ。挑戦的だし、うるさいし、ちょっと変なところがある。だがこれくらいは受けいれなくてはならないのだろう。恋愛とは純粋性を追い求めるものではなく、妥協を重ねるものなのだから。

とはいえど、具体的に何をすればよいのかわからない。十代の頃に一度、本能のままに愛欲をたぎらせる相手を見つけたことがあったが、彼女とは結局何もなかったし、というか、その後女性から男性になってしまったし、ぼくには役に立ちそうな経験がない。

だから亜梨沙が動物的にぼくを求めてくれれば話は簡単なのだけれど、彼女のこれまでの言説やあるいは性格を鑑みるに、その可能性はきわめて低いと判断せざるを得ない。

より明瞭に分析の結果を述べるならば、ぼくを性愛の対象として見ていない。

なぜなのだろう。

ぼくは彼女らが言うところの「イケメン」のはずで、インターネットのまとめサイトには「イケメン」は放っておいても女性が次から次へと言い寄ってくるだの、何をしても許されるだの、うらやましいだの、死んで欲しいだのと嫉妬の塊がこれでもかと書かれていたのに、亜梨沙はおろかいまだ誰からも言い寄られたことがない。

理屈に合わないじゃないか。

ほんとうにぼくは嫉妬されるべき存在なのか。むしろ嫉妬の炎を燃やす彼らの気持ちのほうがよくわかる。

思い悩んでいるうちに、ぼくのなかである疑惑が生まれた。ぼくの容姿を褒めたのは明美さんだけだ。彼女は嘘をついたのか。いや、そういう人ではない。たぶん彼女は、ほんとうに心から褒めてくれたのだ。しかし残念ながら、彼女は若者という括《くく》りの埒外《らちがい》にいる。若者がよしとするものと、非若者がよしとするものに乖離があっても何もおかしくはない。

つまり明美さんはぼくのことを、二十一世紀的「イケメン」として褒めたのではなく、二十世紀的「ハンサム」として褒めたのではないか。

そう考えるとつじつまが合った。ぼくはぬか喜びをしていたのだ。しかし明美さんを責める気にはなれなかった。すべて世代間の断絶のせいなのだ。彼女が悪いわけではない。

　ぼくは布団に寝っ転がり、天井を見つめながらぼんやりと考えた。二十一世紀に「ハンサム」はどこまで通用するのだろうと。


「はあ？」

歩道橋の上で亜梨沙は振り返り、怪訝な顔をした。

なぜそんな顔をされねばならないのかわからないぼくは、同じ言葉をもう一度繰り返した。

「だから、甘いマスクで、カーディガンを肩からかけて、横分けで、素足で革靴を履く男のことをきみはどう思うのかなって」

「どう思うのかと訊かれてもあなたの意図がよくわからないから答えようがないわ」

「そう。ならさ、ぼくはハンサム？　それともイケメン？」

「なに、あなた。急に調子に乗ったわね」

　亜梨沙は赤い傘を両手で持ったまま、何とも言えぬ眼つきでぼくを見た。会社へ急ぐ人たちが器用に水たまりを避けながら、ぼくたちの脇を通り過ぎてゆく。

ぼくたちも急がなくては遅刻してしまう。

しかし未来社会に貢献するためには、ここでうやむやなまま話を終わらせるわけにはいかなかった。

「ぼくは真剣に訊いているんだ。きみもぼくの真摯さにまじめに向き合って欲しい。それでもう一度訊ねるけど、いや、回りくどいな。今度はより直接的な表現を使うことにする。可能な限りまじめに、真剣に答えて欲しい。いいね？　じゃあ訊くよ。きみはぼくに動物的な性愛を感じているかい？」

「ふざけるな。どこがまじめなのよ」

「何もかもきわめてまじめだ。遊びじゃないんだよ、これは！」

なぜぼくの純粋な思いが伝わらないのかと苛立《いらだ》って、大きな声を出してしまった。

彼女はびっくりしていたけれど、やがて何か感づいた表情になってこう言った。

「もしかしてあなた、わたしのことが好きなの？」

「きれいだとは思うけど……まあ、きみにだけは白状するよ、ぼくは二十一世紀的恋愛に関心を持つことができないし、また、自分自身の信条からも実践しようとは思わないんだ」

「つまり？」

「好きとか嫌いとか抜きに、手軽にきみとの仲を深めたい」

「遊びじゃない！」

急に彼女は背を向け、無言のまま歩き出した。ぼくは慌てて追いかけ、何か怒らすようなことを言ってしまったのかと訊いた。ぼくときみたちとにはやはり大きな隔たりがあり、それは言葉を積み重ねることでしか乗り越えられない。だから何か言いたいことがあるのなら言って欲しいと。

しかし彼女は頭痛に苦しむようにそっと額に手を当て、投げやりな声で言った。

「どうせあなたのことだから、ネットか何かで変なことを吹き込まれてどうかしちゃったんでしょう。まだ短いつきあいだけれど、それくらいはわかるわよ。あなたって子供でもわかるような怪情報によく踊らされているもの」

ぼくが驚いた顔をすると、彼女はため息まじりに首を振った。

「どうして驚けるのか逆にこっちが訊きたいくらいだけれど、まあ、もうどうでもいいわ。あなたがハンサムだろうがイケメンだろうが、そんなことはどうでもいい。表層的な面でしか個人を判断できないのは愚かなことよ。だいたい、イケメンという言葉が嫌いなの。差別的な響きがあるように思えるし、それに何より下品な言葉だわ。

下品な言葉を使っていると、あなたの人格まで下品になる。もう二度と使わないことね。それともあなたは使いたいの？　もしかして擁護派？　それならとことん話し合う必要があるわね。ああ、ほら、わたしばかり見てないで、ちゃんと前を見て。階段よ。そういえばさっき、わたしのことをきれいって褒めてくれたわよね？　もしかしてわたしはあなた好みなのかしら。なんだかいい気分ね。たとえあなたが二千万円の定期預金を獲得し、支店長と部長から胴上げされる事態になったとしても、でもこの男はわたしの顔が好き、と思うだけできっと溜飲《りゅういん》が下がるわ。すべてにおいて負けた気にならないはず。これはすばらしい発見よ。あなたもそう思うでしょう」

　亜梨沙の長い話を聴いているうちに、いつの間にか店に着いていた。

　エントランスでは浅沼課長が時計を気にしながら立っていた。何か起きたのかとぼくらは顔を見合わせ、小走りで課長のもとへ行った。

「いえ、きみたちを待っていたんです。ふたりがこの時間に来ることはわかっていましたから」

　課長は無表情な顔つきで言った。怒っているわけではなさそうなその表情が、かえってぼくに不安を植えつけた。

　そして課長はおもむろに口を開けた。

「今日はふたりには外回りをしてもらいます。あいにくな雨模様ですが、頑張ってください」

外回りとは何なのか。わからなくて亜梨沙のほうを見ると、彼女は困ったように眉を八の字にしていた。

外回りとは要するに渉外営業のことだった。

顧客の家を訪問し、定期や投資信託をすすめたり、または個人の顧客ではなく法人の、つまり企業の事務所に行って融資の話し合いをしたり、まあそういうことをする。本社のほうから各店舗あてに、新人、とりわけ総合職に窓口だけでなくなるたけ多くの業務にかかわらすよう指示文書が届いたらしい。

また本部の意向だ。

いささか辟易した。こっちにだって順序というか、日々の目標を立てて仕事を遂行しているのだ。何か要求があるのなら、まず現場の意見を聞いてもらいたい。よく先輩行員が、本社の人間は馬鹿ばかりだと言っていたのを耳にしたが、まったくその通りだと思う。もちろん、みらい銀行の本社をぼくは批判しているのであって、決して代表協会を批判しているわけではない。ぼくは全面的に協会を支持する者である。たとえ協会の要求が馬鹿げていて、ぼくらの現状をまったく顧みない無茶なものであったとしても。

スーツを持っていないと浅沼課長に伝えると、制服のままでよいと言われたので、ぼくは一度更衣室に行ってすっかり着慣れた制服に着替えた。それから亜梨沙が着替え終わって更衣室から出てくるのを待ち、彼女と一緒に渉外部の事務室に向かった。

初めて入る渉外部は、なんだか殺風景のように思えた。

ずらっとデスクが並んでいるほかには書類の入った棚が置かれているだけだった。日中は出払っていることが多いので、事務室には必要最小限のものしかいらないのだろう。

浅沼課長が若い渉外部行員とともに入り口で立ち尽くすぼくらのもとにやってきた。その人は但馬《たじま》航《わたる》といった。ぼくらより五年先輩で、長身のすらっとした体つきに、黒《くろ》眼《め》の小さな三白眼が印象的な男だった。

彼は桜ヶ丘支店のホープで、営業成績が大変優秀だと浅沼課長から説明があった。何度も地域を代表する成績優秀者として表彰されているらしい。

また、彼について回って渉外の仕事を学べとも言われた。

急な担務変更に思うところがないと言ったら嘘になるけれど、しかし考えてみれば優秀な先輩行員の仕事ぶりを間近で拝見できるのはまたとない機会だ。ぼくは前向きに受けとめることにして、よろしくお願いしますと航さんに言った。亜梨沙もぼくにつづいて挨拶を述べようとする。すると航さんは手で制するというより、蚊でも追い払うような仕草をして、面倒くさそうな表情で言った。

「おまえらの名前なんてどうでもいいから。そんなものを憶えたところで一文にもならないし、おまえらだっておれの名前を憶えるくらいならひとつでも多くの事務処理を憶えるべきだ。そのほうが効率的だからな。おれはむだなことはしたくない」

そのあんまりな物言いにぼくも亜梨沙も絶句して、ただぼんやりと彼を見つめるしかなかった。

しかし彼はそんなぼくらを気にもとめず、さっさと事務室から出ていこうとする。

「ほら、行くぞ。時は金なりだ。ぼやぼやするな」

ドアを乱暴に開け、航さんは勝手に出ていってしまった。

何か気に障ることをしてしまったのだろうかと疑ったが、思い当たる節はない。とすれば、これが彼の地なのだろう。

苦笑いを浮かべて浅沼課長はこう言った。

「あんなふうではありますが、まあ営業能力は折り紙つきです。しばらくは彼について回り、学ぶべきところは学んでください」

「今日だけじゃないんですか」

と亜梨沙が訊き返すと、静かに課長は肯いた。

「状況にもよりますが、二、三週間くらいは彼と一緒に外回りをしてもらうつもりです」

「彼と一緒に」とぼくは繰り返す。

これから楽にいかない日々が待っていると暗に伝えられた気がした。


表に出ると相変わらずの曇天だったが雨は一応上がっていた。

何の説明もないままぼくらはバスに乗せられた。どこに行くのかと訊ねても航さんは黙ってろとしか言わなかった。

停留所で下車し、それからしばらく歩き、閑静な住宅街にたどり着いた。

さっそくお客さんの家を訪問するのだろう。それはわかったが、何の用件で訪問するのかはいまだ説明がなく、この先も親切にあれこれ教えてくれそうな雰囲気はなかった。

これではわけがわからないまますべてが終わってしまうのではないか。

　わずかに焦りを感じて、何の営業なのかと訊いてみたが、

「普段ならバイクですぐ着くのに、おまえらのせいで時間がかかっちまった。まったく、とんだお荷物だ！　約束の時間に間に合わなかったらどうする。おまえらがおれのかわりに、お客さんに謝ってくれるのか」

と理不尽な怒りをぶつけてくるだけで、ぼくの質問にとり合ってくれなかった。

「むだよ」

　亜梨沙がぐっと顔をぼくに近づけてささやいた。柑橘類《かんきつるい》の甘いにおいがした。ごく近い距離で見ると彼女の肌の美しさがよりよくわかった。遺伝子デザインされた未来人と同等、もしかしたらそれ以上にきらきらしい。また、まつげはつけまつげかと見まがうほど長く、豪奢《ごうしゃ》だった。

　ぼくは少し気恥ずかしくなった。しかし亜梨沙は何とも思っていないようで、そのままの距離で早口に言った。

「自分が合理主義者だと思い込んでいるタイプはね、その実、合理的でも効率的でも何でもなく単純に幼稚なのよ。自分の考えている道から外れようとする人間を馬鹿で

非効率的な無能だと見なし、自己中心的な世界でそのプライドを守っているの。だから他人の意見なんてどうでもいいし、自分の意図がわからない人間はみんな馬鹿なの。わたしの兄がそういう滑稽な人間だったからよくわかるわ」

「お兄さんがいるんだ」

「ええ、とても優秀な人よ。この手のタイプはそれなりに実績と結果を持っている優秀な人が多いのだけれど、それがなおさら話をややこしくさせているというか、なまじ結果を出しているだけに批判できないというか、まあとにかく始末が悪いわ。ささくれくらい始末が悪い。ささくれ、それとも逆むけと呼んだほうがいい？　あなたはどっち派？　たしか東日本だとささくれと呼ぶ人が多くて、西日本だと逆むけが多いはずだったけれど、それにしてもこういう地域によって呼びかたが変わるのっておもしろいわね。ほら、バンドエイドも地域によっては呼びかたが違うでしょう。絆創膏《ばんそうこう》って呼んだり、あるいはカットバンだったりサビオだったり……」

そうだねと肯き、ぼくは彼女から適当な距離をとって歩いた。航さんはぼくらなどいないかのようにぐいぐい勝手に歩くので、あとをついてゆくのはなかなかに骨が折れた。そのあいだずっと彼女は早口で喋っていたけれど、あまり聞いていない。これくらいでよいのだ。彼女との会話は受け流すくらいでよい。だんだんわかってきた。

しばらく歩いてお客さんの家に着いた。

どこにでもあるような一軒家で、同じつくりの家が密集して建っていた。表札くらいしか違いがないように見える。

インターフォンを鳴らすと四、五十くらいの身なりのきちんとした女が出てきて、ぼくらを家のなかへ招き入れた。夫は仕事に出ていて息子は遠くの大学に行っているらしく、家には彼女しかいなかった。

リビングに案内され、ソファーに座るよう促されたが、ぼくだってこの時代の常識がいい加減わかってきている。ここは家人に遠慮して冷たい床の上でセイザ**（∵宗教的事由から行われる修行の一環。もしくは懲罰の一種。肉体的な苦痛を伴うだけでとくに意味はない）**をするべきだ。足がしびれようが、鬱血しようが、そうしなくては顰蹙《ひんしゅく》を買うのだ。

とはいえど、セイザには勇気がいる。未来ではむろん馴染みがなく、この前試しにやってみたところ死ぬほどつらくて五分もたえられなかった。

ぼくはこの仕事をものにできるのだろうか。

いささか不安になりながら、それでも決意の息を吐き出し、膝を折って座ろうとしたそのとき、ぼくの前を通り過ぎた航さんが悠然とソファーに腰かけたのだ。しかも亜梨沙も失礼しますと小さく言って、ちょこんと座った。

セイザではないのか。

衝撃を受けて立ち尽くしていると、亜梨沙がちらとぼくに視線を送ってから、ソファーの座面を手で二、三度軽くたたいた。

「突っ立ってないでここに座って。せっかくすすめてくださったのに、失礼でしょう」

亜梨沙は呆れたように言った。航さんも口にこそしないがその視線に呆れを含ませていた。ぼくはかなしくなった。ある程度はこの時代がわかってきたつもりだったのに、蓋を開けてみればソファーに座ってよいのかすらわからない。もっと言うと、素直に亜梨沙のとなりに座って台所に消えたお客さんを待っていたら、彼女は熱々の紅茶をトレーに載せて運んできてくれたのだけれど、これを飲んでしまってよいのかわからない。一気に飲み干して結構なお点前《てまえ》でと言えばよいのか、はたまた、仕事中ですので饗《きょう》を受けるわけには参りませんと断ったほうがよいのか、いやしかしこれは紅茶でアルコール類ではないのだから仕事中だろうが何だろうが飲んでしまっても問題がないように思えるのだけれど、客からもてなしを受けるというのは見方を変えれば賄賂を受けているような気がするし、紅茶一杯のために便宜を図るのも馬鹿らしいし、というよりたかが紅茶じゃないか、これを恩に着せようとする人間がいるとは思えないのだけれど二十一世紀ではもしかしたらいるかもしれないのでぼくはとにかくじっと亜梨沙を観察した。

彼女は細く白い指をティーカップの把手《とって》にかけると上品にひと口飲み、おいしいですと言った。するとお客さんはにっこりと微笑んだ。ぼくも慌ててひと口飲み、おいしいと言った。お客さんは静かに肯いたが、亜梨沙に向けたそのやわらかな微笑をぼくには向けてくれなかった。二匹目のどじょうを狙ってもうまくはいかない。またひとつ学んだ。

それから航さんはこれまでの眉宇につねに漂わせていた倦《う》んだ雰囲気をぱっと晴らして、気さくに、饒舌《じょうぜつ》にお客さんと談笑をはじめた。言葉遣いも丁寧で、まるで別人のようだったのだけれど、ぼくらに一切話を振ってくれない自分勝手な点はそのままだった。とはいえど、ふたりが盛り上がっている話は、雨がうっとうしいだとか、野菜の値段がどうだとか、およそ営業とは関係のない話だったので、あまり積極的に会話に加わる必要はないのかなとも思った。

小一時間くらいたってようやく航さんの口から預け替えという言葉が出た。同時に自動検索が反応して、網膜デバイスにぼくのレポートからの引用が表示される。

預け替え：主に、定期預金が満期を迎えた際に、当該預金を現金として受けとったり、または普通預金に預け入れたりせず、べつの定期預金に預けること。

すると亜梨沙がぼくだけに聞こえる声でこっそり耳うちした。

「預け替えの営業みたいね。やっぱりこれが基本なのよ」

ぼくは肯いた。預け替えがどれほど大切か、ついこのあいだ亜梨沙から教わったばかりだった。ぼくは当初、満期の定期から新たな定期に移すだけの簡単な営業だと侮っていた。実際に銀行全体が預け替え営業を下に見ていた時期があるのだが、それは放っておいても客が預金をしにくる時代の話であって、株や投資など様々な選択肢が客に提示されたいまにおいては預け替えは預金の流失を防ぐ重要な営業となっている。たとえば一千万円の預け替えに成功したら、それは同時に一千万円のマイナスを阻止したことになるのだ。

そういうわけだから、てっきり航さんもあの手この手を使って預け替えをすすめるのかと思ったのだけれど、彼はお客さんが預け替えに消極的な返答をした途端、営業の話をうち切って再び世間話に興じたのだ。亜梨沙が、おそらくは彼女なりに気を遣ってもう一度預け替えの話を持ち出すと、急に航さんは不満げな眼つきになって、

「その話はもういいから」

と言った。亜梨沙もぼくもきょとんとするばかりだった。そして、ほんとうにそれっきり航さんは預け替えの話題を口にしなかった。


バスから降りると雨が降っていた。

停留所から少し離れたところにある商店街までぼくらは小走りで向かった。そこはアーケードがあるので雨宿りにはなったが、シャッターの下りた商店ばかりだったのであまり愉快な気持ちにはならず、ぼくの気持ちを代弁するかのように全体的に暗い。

唯一、店を開けているのは紅茶専門店だった。しゃれた雰囲気があってなんとなく場違いな店のように思われた。航さんが温かい飲み物が欲しいと言い出した。先ほども紅茶を出されたがよいのかと訊くと構わないと彼は答えたので、仕方がなくそこに入る。長い髪をふたつに束ねた年のわりにやけに偉そうな少女と、柔和な笑みをつねにたたえた若い男のふたりで営んでいるようだった。客はぼくらのほかにはタクシー運転手がひとりいるだけだった。

テーブル席に座ると、少女が注文をとりにきた。メニューには紅茶の銘柄が数多く書かれていたが、さほど紅茶に詳しくないぼくらはよくわからなかったので、とりあえずミルクティーにあう紅茶が欲しいと伝えた。すると少女はそんなのわたしが知るわけないだろうと言った。あまりにも堂々とした物言いだったのでぼくらのほうが間違っているのかと思ってしまった。

結局、若い男の店員が注文をとりにきて、ウバを淹《い》れてくれた。香りも味もなかなかのものだった。

紅茶を飲んでいるあいだ、航さんは電話で誰かと喋っていた。落ち着かない人だ。そう思ってまたひと口啜るが、いまさらながらに制服姿のまま休憩時間でもないのにお茶をしているのはまずいのではないかと不安になり、ぼくも落ち着かなくなった。

「ねえ、いいのかな」

「何が？」と亜梨沙は言った。

「休憩時間でもないのにお茶してて」

「外回りってこういうものじゃないの。ほら、あの人だってお茶している」

亜梨沙はカウンター席に座るタクシー運転手に視線を向けた。たしかに彼はぼくら同様制服姿でお茶をしているが、ほんとうに休憩時間なのかもしれない。ぼくの不安はちっとももとり除かれなかった。

航さんは電話を終えると、ここに知り合いが来るからしばらく待っていろと言った。

三十分ほどしてグレーのスーツを着た男が店に入ってきた。航さんと同じくらいの年に見えた。彼は航さんを認めると、

「やあ、悪いね」

と薄笑いを浮かべ、ぼくらのテーブルにやってきた。

彼は空いている椅子に座り、ちらと窺うような視線をぼくと亜梨沙に交互に送った。ぼくたちが頭を下げると、彼も同じように頭を下げた。普通ならきっと航さんがあいだをとり持ってくれるのだろうけど、彼にそんな普通を期待するのは間違いだった。彼はあくまでも自分の用件を優先させた。

「これが電話で話したお客さんの住所」

航さんは手帳の一ページを乱暴に破き、その男に渡した。誰の住所なのだろう。そう疑問に思うのと同時に、網膜デバイスに拡大されたその紙片が表示され、書かれてある住所が読めるようになった。さっきぼくらが預け替えの用件で訪れたお客さんの住所だった。

「おまえのほうも用意してあるんだろうな」

「もちろんだって。そう疑うなよ」

男も住所の書かれたメモ用紙を航さんに握らす。薄笑いを決して崩さない。

なんだかあやしい取引のようだ。

いったい何をしているのかと訊きたかったが、訊いたところで答えてくれるようには思えなかったし、また、ほんとうにあやしい取引をしているのならかかわりたくないので、色々と考えた結果ぼくは黙っていることにした。

運ばれてきた紅茶をひと口だけ啜ると、すぐに男は立ち上がった。

「悪いんだけど、これからすぐ用事があってさ」

「ああ、いいよ。また頼む」

「ごめんね」

男は小銭をテーブルの上に置いて、慌ただしく店から出ていった。彼を眼で見送ってから、ふと航さんは言った。

「おれが何をしていたかわかるか」

「わかる？」

とぼくは亜梨沙に訊ねた。彼女は腕を組んで考え込み、やがて重々しい口調で言った。

「どう考えても悪い取引よ。麻薬とか人身売買とかそういう類いの、人の道に外れたものよ。ふたりの雰囲気があやしかったもの」

「まあやっててもおかしくないよね」

「そんなわけないだろ」

と航さんは不愉快そうに眉をひそめた。

「いま出ていった男は保険会社で働いているんだ。おれはあいつに、さっきの客の情報を教えてやったのさ」

「あの預け替えのお客さんですよね」

ぼくが確認すると、航さんは肯くかわりにその鋭い眼を細めた。

「五百万の預け替え、一千万円の預け替え、なるほど立派だ。資金の流出を阻止した。けれどもな、そんなことに尽力したところで評価されることはない。本社はなんだかんだ言っていまだに預け替えを下に見ていて、営業成績には反映させないんだ。そりゃよくやったくらいは言ってもらえるかもしれないが、それだけさ。表彰されることも、ボーナスがアップすることもない。重要なのはあくまでもニューマネー、よそから持ってきた金だ。他行から下ろしてきた金、満期を迎えた保険金、あるいはタンスに入れておいた金、そういった金をうちの口座に入れさせることが本社の言うところの営業であって、もとから預けられている金で再び定期に入れてもらってもそれは営業にはならない。意味がわからないだろう。まあわからなくても仕方がないさ、本社の連中だってよくわかっちゃいなんだから」

　そして航さんは笑った。ほら、おまえらも笑えよと言われたが、とても笑える話ではなかった。航さんは背もたれに深く身を預けて紅茶を口にしたあと、話をつづけた。

「とにかくな、そう決まっているんだ。誰が決めたのかは知らないし、考えたところで何かが変わるわけでもない。それはどうにもならないことだ。なら、無意味なことはすべきではない。預け替えの客なんて捨てちまえ。一文の得にもならない客はもはや客と呼べる存在ではないのだから、そいつを欲しがっているやつに売っちまうのが得策だ。今回おれは保険屋に売った。つまり、定期が満期になった顧客の情報を教えるかわりに、保険が満期になった顧客の情報を教えてもらったのさ。明日にでもその客のところに行くつもりだ。うまくいけばニューマネーの獲得になり、おれの営業成績が上がる。それにあいつだって新規の客をつかめるかもしれない。持ちつ持たれつというやつだ。いいか、おまえらも営業成績を伸ばしたいなら、人脈は大切にしろ。とくに保険や証券業界には積極的に関係を持て。金なんてものはな、結局はそのなかで順繰りに回しているんだからよ」

　これまでとはうって変わって饒舌な航さんの言葉の端々には妙な説得力があった。もしかするとその話術にやられてしまったのかもしれない。ぼくの眼には彼は、いままで正しいと教えられてきたものを真っ向から否定した人物というより、隠されていた真実を白日のもとにさらしてくれた信頼できる男として映った。

なんだ、預け替えなんてその程度のものだったのか。騙《だま》されるところだった。ぼくも航さんを見習ってニューマネーを優先させよう、と心に決めたちょうどそのとき、黙って話を聞いていた亜梨沙がふいに顔を上げ、いかにも納得できないといった様子で言った。

「つまりあなたは、仲間内で顧客の資金を回して、営業成績を伸ばしているのね。なんだかマネーロンダリングみたい。がっかりだわ。桜ヶ丘支店のホープだと聞いていたからどれほどの腕なのかと期待していたけれど、要は、正攻法では戦えないから小手先に逃げているだけじゃない。しかも顧客情報を勝手に横流ししておきながら悪びれもしないなんて良識を疑うわ。問題よ、これは」

「何をどう言おうが、この方法が最も効率的である事実に変更はない。だいたい、正攻法とは何だ。地道に客の家を回って頭を下げることか。何の勝算もなく飛び込み営業をすることか。はん、むだの極みだな。むだは金を生まない、消費させるだけだ。こんなことくらい少し考えればわかるだろうに、なあミヤモト？」

なんだ、ちゃんとぼくの名前を憶えているじゃないかと思ったそのとき、亜梨沙がぼくの眼《め》の前《まえ》で腕をひろげた。それはぼくを守ろうとしているかのようだった。

「カズマくんをとり込もうとしても、それこそむだよ。彼はあなたとは違って顧客本位の営業を心がけているもの。まあそのせいで成績が伸び悩んでいるみたいだけれど、そんなのは気にしなくていい。長い眼で見れば彼の営業こそ全体の利益につながるわ。少なくともわたしはそう思っているし、それはわたしに欠けている部分でもあるからぜひ参考にしたいわ。あなたもそうするべきよ。そうよ、それがいい。むだは金を生まない、消費させるだけだ、なんて先輩風を吹かせて偉そうなことを言っていた人が、明日からは後輩のあとにつづいてぺこぺこ頭を下げるの。そしてはにかみながらわたしたちに、この場合はどうしましょうっておどおど訊いてくるの。実に痛快だわ。涙が出てきそうよ」

亜梨沙はあおりつづける。意外にぼくのことを評価してくれていたのだと思う一方で、雲ゆきのあやしさを感じずにはいられなかった。

「そこまで言うのならやってみろよ」航さんは苛立ちをあらわにする。「明日からおれは何もしない。営業をするのはミヤモトだ。それで一件でも成約をとれたら勝ちを認めてやる」

「わたしたちが勝った場合、どうしてくれるの？」

「泣いて詫《わ》びてもいいし、裸で窓口に立ってもいい。何でもいいさ、どうせできっこないんだからよ」

「その喧嘩《けんか》、買うわ」

亜梨沙はぼくの手をとり、叱咤《しった》激励するような口調で言った。

「カズマくん、戦いははじまってしまったわ。あなたにとっては不本意な展開かもしれないけれど、戦いなんて往々にして不本意なものなのよ。こぼれたミルクを嘆いても仕方がない。覚悟を決めて。明日から頑張るわよ」

「でもぼくにできるかな」

「大丈夫よ、預け替えなんて窓口でもやっているじゃない。普段通りにやればいいのよ。それにあなた、イケメンなんでしょう。最悪の場合、その顔で女という女をことごとく籠絡して、貢がせるかわりに預け替えさせればいいのよ」

航さんよりあこぎなことを亜梨沙は言う。薄々そうではないのかと疑っていたのだけれど、どうやら彼女は対抗意識に支配されて何を問題にしているのか見失っているようだ。

「誰が預け替えの営業をすると言った？」

ふいに航さんが言った。

当然、明日からも預け替えの営業をするものだとばかり思い込んでいたのだが、どうも違うようだ。ぼくらが小首をかしげると、彼は挑発的な笑みを浮かべる。

「明日からやるのは、融資だ」

融資：巧妙な工夫をして相手に不必要な借金を背負わせ、飼い殺しにすること。なお、借金を必要とする者には融通しない。

預け替えならまだしも融資なんてまったくの未知の分野だ。

しかも個人融資ではなく企業融資ときた。

やれと言われてもどうやればよいのかまるでわからない。

きっとそれをわかった上で勝負をふっかけてきたのだろう。つくづく但馬航という男は性根がねじ曲がっていると思う。

いや、たとえ性根がねじ曲がっていようが、腐乱して異臭を放っていようが、彼はぼくの先輩なのだ。封建的縦社会の二十一世紀に順応するためにも、先輩のことを悪く言ってはならない。勝ちに貪欲なのだと思うことにしよう。

篠塚亜梨沙だって勝ちに貪欲な女だ。

彼女は銀行に戻るなり企業融資のいろはをほかの渉外部の人に教えてもらい、それをノートにまとめた。そして終業時間になるとぼくの手を引いてさっさと退社し、カラオケに向かった。むろん歌うためではなく、講義を開くためだった。

「手当たり次第に融資するのはだめよ。経営状態が危険な会社は避けて優良企業に融資しなくてはならないわ。なぜって、倒産でもされたら資金の回収ができなくなるからよ。まああなたが最終的な判断を下すわけではなく、稟議書《りんぎ》をつくってこの会社に融資してもいいですかと上の人に伺いを立てることになるのだけれど、その際に経営状態について詳細に記載しておかないといけないみたいだからよく調べておくこと。なんだか興信所の仕事みたいね。それと、使途も明確にしておくこと。わたしたちが融資したお金を機材やビルなどを買うための設備資金として使うのか、もしくは会社を回すための運転資金として使うのかきちんと調べるのよ。優良企業なら普通、運転資金を借り入れることなんてないから、よさそうな企業に見えても運転資金を借りたいと申し出られたら何か隠していると思ったほうがいいそうよ。もっとも、優良企業にむりを言って運転資金を借りてもらうこともあるそうだけれど。あと、返済計画も重要。かなり重要なのよ。たとえば、あなたの友だちが五十万貸してくれと言ってきたとしましょう。さすがにふたつ返事で貸せる額ではないし、ちゃんと返ってくるか保証が欲しくなる。きっとあなたは、いつ返してくれるのか、また、返すあてはあるのかと訊ねる。そのとき友人が、いつになるかわからないがパチンコで勝ったら必ず返す、なんて返事をよこしてきたら、あなた、どうする？　お金は当然貸さないし、その友人との関係だって見なおすことになるでしょう。だから返済計画は重要なのよ。さて、ここまではいいわね。ちゃんと理解できているわよね」

「ぼくの友人がだめな人間だということは」

そのあとも亜梨沙はマイク片手に熱弁を振るった。しかし早口で聞きとりにくい箇所があったり、猫を飼ってみたいなどの関係のない話を急にはじめたり、さらにはぼくの理解などお構いなしにどんどん講義をすすめてゆくので、ああ、彼女には人にものを教える素養が決定的に欠けているのだなあとしみじみ思った。

とはいえど、ぼくだって彼女の熱意には応えたい。

家に帰ると彼女の音声データを再生し、再度講義に耳を傾けた。また、その音声を脳チップ内に作成しておいた銀行業務データベースと適宜関連づけ、いつでも呼び起こせるようにした。

やれることはすべてやったつもりだったが、翌日、実際に融資の営業に出てみると、つけ焼き刃の知識ではどうにもならないというか、具体的に何をどうすればよいのかまるでわからず成約をとるどころかろくに話すら聞いてもらえなかった。

航さんはやはり何の手助けもしてくれなかった。

顧客リストをぼくらに渡して、あとは好きにやれと言ったきりむっつり黙っていた。

亜梨沙も亜梨沙で口をかたく結び、何も言わなかった。

両者ともつねに不機嫌そうな顔をしていて、空気は非常に重苦しい。あいだに立たされるぼくにはたまったものではなかった。

何の成果もないまま桜ヶ丘支店に戻ると、ぼくは食堂に亜梨沙を呼びつけ、なぜそんなに航さんを嫌うのか思い切って訊ねてみた。

「嫌っているわけじゃないわ。ただ……」

亜梨沙は言いよどむと、顎を引き、上眼遣いでぼくを見た。眉に皺が寄せられているがにらまれている感じはせず、どちらかというと恥ずかしがっているふうに思えた。

「前に兄がいるって言ったのを憶えている？」

「そういえば言っていたね」

「小さなときから嫌味なくらい何でもできる人で、学校の勉強も、習いごとの水泳も、どれだけ頑張っても兄には勝つことができなかった。壁というものを知ったわ。どうやっても越えられない透明な壁よ。けれど周りの大人はみんな言うのよ、女の子なんだからそんなに頑張らなくていいって。その壁を越えることは誰も望んでいないって。わたしはほんとうにいまが二十一世紀なのか疑ったわ。知らないあいだに戦前にでもタイムスリップしてしまったんじゃないのかって。もちろん、そんなことはなかった。わたしはやっぱり二十一世紀に生きていて、そしてこの時代でしか生きていけない。何を言ってもむだなの。どれだけ正論を言っても、議論しても、みんなの答えは変わらない。まるでわたしの声が聞こえないみたいに。また透明な壁にぶち当たった気分だった。そんな苦しみのなかにいたあるとき、事件が起きたの」

「事件？」

「兄が前人未踏の山を踏破すると言い出してね、家のお金を持ち出して海外に行っちゃったのよ。まあたしかに大学では山岳部に入って結構本格的なことをしていたのだけれど、そんなのただの趣味だと思うじゃない。内定をもらっていたのにそれを蹴って山登りを本業にするとは予想だにしなかったわ。もうそれで家はてんてこ舞いよ。特別裕福ではないのに、ありったけのお金を持っていかれたから、母はパートを増やし、父だって休日に警備員のバイトをするようになったわ。わたしだって家計を助けなくちゃいけないからバイトをした。みんなでバイトよ。気がどうにかなりそうだった。それなのに兄はわけのわからない山に登って、スポンサーがつくようになったとよろこんでいるの。家には一銭も入れないでね。わたしのなかで雪崩のようなものが起きたわ。自分は何でもできると信じていて、また、そのためには平気で周りを犠牲にする兄が急に憎くなった。越えるべき壁を越えず、なんで山登りなんてはじめちゃったのよ。父も母も兄にはやりたいようにやらせたいと言っていたけど限度がある。わたしは自分で学費を貯めて近くの大学に入り、この街で働くことを決意したわ。ほかに両親の面倒を見る人がいない以上、本来兄が請け負うはずだった一切をわたしが引き受けるしかなかったの。でも嫌な気はしなかったわ。両親も、世間の眼も、ようやくわたしを性別ではなく個人として見てくれるようになったのだから。もちろん最初は女の子なんだからそこまで頑張らなくてよいって言われたけど、わたしが頑張らなかったらどうなるのよ。だんだん身体が悪くなってきて働けなくなった両親だけでこの先やっていける？　夢ばかり追いかけて現実世界を置き去りにした兄に何か期待できる？　わたししかいないじゃない。その事実をようやくみんな理解したのね。口だけやたら出してくる親戚も、いい人はいないのかって顔を合わせるたびに訊いてきた両親も、いまでは何も言ってこないわ。ねえ、わたしは透明な壁を越えたのかしら。そうだと思う一方で、そうじゃないような気もするの。まだ誰にも自分の声が届いていないような錯覚に襲われることだってある。もしかしたらそれは錯覚なんかじゃなく、ほんとうのことなのかもしれない」

「それが、きみが航さんを嫌う理由？」

とぼくが確認すると、亜梨沙はむすっとした表情を浮かべる。

「だから嫌ってはいないわよ。人がこんなに赤裸々に語ったのに、いったい何を聞いていたの」

「おかしいな、ちゃんと聞いていたはずなんだけど」

いま一度彼女が語った話を思い返しながら、ぼくはしばらく考え込んだ。彼女の話はいつもわかるようでわからない何かもやのかかった印象がある。明瞭な答えを見出すことができればそのもやはぱっと晴れ、彼女を隅々まで理解できるのかもしれないが、それはきわめて困難な作業のように思えた。仕方がなくぼくはありきたりの答えをそのたいまつのかわりに使った。

「つまり、きみは見返したいのかな」

「見返す？　そうなのかしら。たしかに優秀だからといってそういう人を許容する社会は許せないと思うけれど、見返したいかといえばあまりそうではないような気がするわ。そういえばミステリードラマとかで恋人を殺された男が復讐《ふくしゅう》のために殺人をおかすことがあるじゃない？　たいていはクライマックスで探偵役がその彼に向かって、そんなことをして死んだ恋人がよろこぶのかと諭すでしょう。わたしはそういう場面を見るたびに、よろこぶんじゃないのかしらと思ってしまうのよね。やっぱり被害者としては悪人がのうのうと生きているなんて許せないわよ。そりゃ彼には重荷を背負わせることになるでしょうけど、彼自身の葛藤の消化と遺族の感情をおもんぱかると、とても復讐なんて無意味だとは言えないわ。あなたはどう思う？」

「複雑だよね」

とぼくは言った。それからぼくらは明日の営業について話し合ったがこれといって妙案は出ず、とりあえずリストにある企業を片っ端から回ろうという結論に達した。もっと真剣に考えなければならないのは充分わかっていた。しかし一日中歩き回ったせいか、お互いに疲れていた。

航さんに手渡されたリストは優良企業のリストだった。経営状態が健全で、実際は融資を受ける必要のないところばかりである。

ほんとうに融資を必要としている企業はほかにある。けれど、返済が滞る可能性があるため、リストに載っていないあぶない企業に営業をしてはならない。ノルマを課され、とにかくたくさん融資してこいと本社から命令されているのになんだか不思議な話だ。それにこれだとお金があるところにばかり余分なお金が集まり経済の動き自体が鈍化してしまうのではないのかなと疑問にも思う。

ちょっとくらいならいいじゃないか。

とくにベンチャー企業はこれからの会社で、信用がまだないのも当然なのだから、彼らの将来を計算した上で審査してもよいのではないか。

そんなふうにぼくが思ったのも、いままさにIT系のベンチャー企業の社長が路上でドゲザして航さんに頼み込んでいるからだ。古い映画に出てきそうな場面だ。

「よしてくださいよ、西木戸《にしきど》さん」

周りの眼を気にして航さんが言った。しかし西木戸さんは地面に額をこすりつけたまま動こうとしなかった。三十代前半くらいの年に見えた。ビジネススーツは着ておらず、カジュアルな服装だった。

彼は銀行から出たぼくらを見つけるなり小走りでやってきて、急に航さんの足もとでドゲザした。そして融資の件について考えなおしてくださいと言った。彼は近頃頻繁に航さんのもとを訪れ、融資をして欲しいと頼み込んでいるらしい。

「どうかお願いします、話を聞いてもらうだけでいいんです」

西木戸さんは必死に訴える。この眼でドゲザを見るのははじめてだ。ドゲザとは無防備に首もとをさらし、望むのなら刎《は》ねてもらっても構わないと暗に相手に伝えることで自らの覚悟と謝罪をあらわす決死の礼式だと解明されている。セップクといいこのドゲザといい、二十一世紀の作法は血なまぐさい。

ぼくはほんとうに航さんが首を刎ねてしまわないかはらはらする一方、刎ねるにしても何を使うのだろう、この時代の人もカタナをどこかに忍ばせているのだろうかと学術的な好奇心が高まるのを感じた。不謹慎だとは理解しているけれど、これは職業病みたいなものなのだ。

「カズマくん、場所を変えたほうがいいんじゃない？」

と亜梨沙は航さんではなくぼくに言った。航さんも航さんで亜梨沙のほうを見ず、

「そうしよう」

とぼくに言った。ふたりの冷戦は日に日に深刻さを増してゆく。

ひとまずぼくらは西木戸さんを連れて駅前のコーヒーショップに入った。チェーン店でそれなりに賑《にぎ》わっていたけれどコーヒーは熱くて濃いだけであまりうまくなかった。航さんはむすっとしていて何も喋ろうとしなかった。仕方がなくいったい何の会社をやっているのかと訊ねてみると、西木戸さんはコーヒーカップを乱暴にソーサー

の上に置き、興奮した面持ちで言った。

「ブロックチェーンをご存じですか」

「ブロックチェーン？」

ぼくは隣の亜梨沙に視線を送った。それに気づいた彼女は言った。

「仮想通貨のことでしょう？　ちょっと前に流行《はや》った投資の一種よ」

「まったく違います」と西木戸さんは指を立てて訂正した。「ブロックチェーンとは情報をデジタルで記録する分散型台帳のことです。台帳なんて言うとわかりにくいかもしれませんが、まあ預金通帳をイメージしてください。通帳を見るとどこからどこへお金が動いたかわかるようになっていますよね。ブロックチェーンにもそういった取引の一切が記載されます。でも根本的なところが違う。何だと思いますか」

何なのだろう。ぼくは考えてみた。しかしすぐに西木戸さんは答えを言った。

「管理者です。みらい銀行の通帳ならそれを管理しているのはみらい銀行のみ、同様に東協名和銀行の通帳なら管理者は東協名和銀行のみ。ブロックチェーンは違います。管理者はひとつではない。ブロックチェーンの利用者全員が管理者になるんです。多数のマシーンでデータを共有管理し、また、取引を監視し、改ざんを不可能にして価値を担保するのです。もちろん、ただ共有するだけじゃない。これがひろく浸透するとどうなるかと言いますとね、取引の相手がどんな企業あるいは人物かわからなくても、台帳にすべて記載されていてしかもそれを閲覧することができるわけですから、安心して取引ができるようになるのです」

「はあ……」ぼくは気圧されながら答えた。「ええと、つまり何なんでしょう」

「つまり？　ええ、つまり、インターネットなどのオープンなネットワーク上で、高い信頼性が求められる金融取引や重要データのやりとりが可能になるというわけです。お金のやりとりももちろんできますよ。その際に使用するのが、先ほど仰有っていた仮想通貨です。どうにもね、『ブロックチェーン＝仮想通貨』だと思われていますけれどもね、そうじゃないんですよ。ブロックチェーンは世界の記録をシェアする技術、ぼくはそう信じています。言い過ぎなんかじゃない、きっとこの先金融取引だけでなくありとあらゆるデータがブロックチェーンによって共有され、世界はすべての人々によって管理、運営されてゆくことになるんです。ところであなたの名前は？」

「ミヤモトです」

「ミヤモトさん」と西木戸さんはぼくの言葉を繰り返した。「なるほど、ミヤモトさん、気を悪くしないで欲しいのですが、近い将来、銀行はなくなります」

「またその話か」

ややうんざりした様子で航さんがつぶやく一方で、ぼくには初めて聞く話だったし、何より銀行がなくなるというのは興味深く思えて身を乗り出した。

西木戸さんはそんなぼくを見て気をよくしたのか、また饒舌に喋り出す。

「ブロックチェーンがわたしたちの生活を支える基盤になれば、という前提つきですがね。でもまあ、社会は確実にその方向にすすんでいる。なくなりますよ、ほんとうに。だって考えてもみてください、むだじゃないですか。ああ、いえ、みなさんを貶《けな》しているのではなく、なんというか、ブロックチェーンでは個々人が直接管理するようになるのですから、データと個人のあいだに立とうとする銀行はその歴史的役割を終えたと言えるでしょう？　そういうことです。少なくとも、これから銀行の規模が縮小してゆくのは間違いありません。かわりに拡大してゆくのはわたしたちの分野なんです」

「だから融資して損はないと？　馬鹿らしい」

航さんは与太話を聞いたときのように大げさに肩をすくめた。

「いままでも様々な技術革新はあった。しかしそれでも銀行は生き残り、つねに経済の中心にいた。これからもきっとそうだ。人間は本質的には保守的で臆病だ。これまでのことをこれからもつづけたい。進歩なんてほんとうは人間自身が一番信じちゃいないのさ。だいたい、いまさら仮想通貨だなんて古いんだよ。もうそれはとっくに旬の過ぎた話題だ」

「そんなことはありません。むしろ、この技術はこれから……」

と西木戸さんは口を開いたが、最後まで言うことはなかった。この若く多弁な社長は航さんと口論して心証を悪くする愚かさを悟ったらしい。ぼくにとっては残念な結末だった。もっと彼の話を聞いていたかった。もしかしたら人類が二十一世紀の終わりをさかいにお金を捨ててしまった理由の糸口がつかめるかもしれない。そんな気がしていたのだ。

ふいにいままで黙っていた亜梨沙がその白く小さな顔を上げて言った。

「大変興味深いお話だとは思いますが、それはそれとして西木戸さんは何のお仕事をされているのでしょう」

「ああ、そうでした。うちが何の会社なのかというご質問でしたね。まあ簡単に言うと、ブロックチェーンの特徴を応用して経理システムを開発しています。いままで経理担当者が必死に入力したり、計算したりしていたものをすべて自動で帳簿に記載するシステムです。どうですか、よさそうだとは思いませんか。これが実現すればあらゆる会社から経理部門はいらなくなります。人件費を削減できる。もちろん、それを実現可能にするには課題があります。たとえば経費のように、企業の取引とはべつにあとからデータをとり込まなくてはならないものがありますから、それをいかにチェーンでつなげるかが肝になってきます。わたしたちが開発しているのは要するにそのシステムなんですね。ところで、ここまでの話をご理解いただけていますか。いえ、わたしは言葉数が多いわりに要点をうまく説明できないというか、なんだろう、本質的には口べたなんでしょうね。それを隠すためにべらべら無意味に喋っている。こういう気持ちわかりますか」

「ちょっとわかりませんね」と亜梨沙は言った。ぼくは驚いて彼女を二度見してしまった。冗談を言っているふうではなくいたってまじめな顔をしているのがさらにぼくを驚かせた。

「じゃあ、こうしましょう」

西木戸さんは席から立ち上がってぼくらに笑顔を向けた。

「うちのオフィスを見にきてください。そのほうがイメージしやすいと思うんです」

「おまえ、乗せられているぞ」

西木戸さんのオフィスに向かう道すがら、航さんがこっそり言った。ぼくは意味がよくわからず訊き返した。

「乗せられている？」

「そうだよ。話を聞くだけだったのが、いつの間にか会社訪問まで話がすすんでいる。この調子だと帰る頃には融資の話がまとまっているかもな」

「でも興味ありませんか」

「さっきも言ったが、いまどき仮想通貨に投資しているやつなんていない。何度か大きな事件も起こしているし、利益にもならない。まあ、ほかの銀行ではブロックチェーンを導入しようっていう動きもあるみたいだが、どうせうまくいきっこないさ。おまえもあんまり与太話を真に受けるなよ。西木戸は詐欺師の素質がある」

しかしぼくは未来では銀行はおろかお金そのものがなくなっているのを知っている。西木戸さんの話は決して与太話ではない。むしろ彼は未来を予見しているのだ。もしかしたら、人類がなぜ貨幣経済を捨て去ったのかがわかるかもしれない。

ぼくは期待に胸を膨らませながら道を歩いた。

雑居ビルの一室が西木戸さんのオフィスだった。なんだか学生寮のようにもので溢れかえっていて、気をつけて歩かないと機材を蹴飛ばしてしまいそうになる。また、部屋の隅には段ボールがうずたかく積まれており、そこから何かの書類がひょいと顔を見せている。

部屋の真ん中には机が配置されていた。従業員だと思われる四人の男が机に向かってキーボードをたたいている。みんな眼鏡をかけていて、よれよれのシャツを着ていた。ぼくらに気づいても誰も何も言わなかった。それでも気にはなるようでちらちらとこちらに視線を送ってくる。

「ここがわたしたちのオフィス、というより新時代の梁山泊《りょうざんぱく》です」

西木戸さんは得意になってぼくらに従業員を紹介したあと、開発中の経理システムを見せてくれた。もっとも、システムを見せられてもよくわからないというか、ディスプレイに表示される謎の記号の羅列を眼で追っていてもただ疲れるだけというか、とにかく説明したい熱意は伝わってきたがそれだけだった。しかし西木戸さんは得意げな顔を崩さず、ブロックチェーンについてさらに詳細に語り、これが社会を大きく変えることになるとも言った。

「いつか人類社会からお金がなくなると思いますか」

と何気ないふうを装って訊ねてみると、これが結構よい質問だったらしく彼は腕を組んで考え込んだ。

「そういう説は最近よく聞きますね。けれど、どうなんだろうなあ。この資本主義社会からお金を駆逐するのは、それこそ世界史的事業になると思いますよ。一度、すべてをリセットするくらいの」

それから彼は、ちょっと休憩しましょうと言った。

ホワイトボードの向こう側にソファーが置かれていた。彼はそこを応接室と呼んだ。ぼくらがソファーに腰を下ろすと、従業員のひとりがお茶を持ってきてくれた。前髪が長くて眼鏡をほとんど隠していた。ありがとうと言うと、彼ははにかんだ。

西木戸さんが書類を持ってやってきた。せっかくですからと言ってぼくらにそれをさし出した。損益計算書だった。会社の収益状況がわかるものだ。何がせっかくなのかはわからなかったが、とにかくぼくらはそれを読んだ。

「あまり業績がよくありませんね。経理システムを開発しているということでしたけれど、収益は何で上げているのですか」

計算書をくりながら亜梨沙が言った。画像解析にかけてその結果が出るのを待っていたぼくは、彼女の言葉でこの会社が健全とは言いがたい状況に立たされているのを悟った。

「収益ですか。懇意にしている企業がいくつかあるのですが、ええと、そこからシステムのメンテナンスや修正を頼まれるたびに、まあ、つまり、それを請け負ってですね、その積み重ねで糊口《ここう》をしのいでいるというか」

「どういうこと？」

とぼくは亜梨沙に訊いた。彼女はぼくにもわかるように嚙《か》み砕《くだ》いて説明してくれた。

「この会社自体が日雇い労働者というわけよ」

「手厳しい評価だなあ」

西木戸さんは笑った。しかし笑うのはこの頼りない社長だけで、ぼくら銀行員は真一文字に口を結んで厳しい表情を浮かべていた。なんとも言えぬ沈黙がつづくと、航さんが重い口を開いた。

「そういえば、何のお金が必要でしたっけ」

「システムの開発費と、マシーンを新しくしたいのでその費用と、あとはまあ人件費です」

「つまり設備資金と運転資金の両方が必要なんですね。西木戸さん、あなた馬鹿なんじゃないの。突発の仕事を請け負ってなんとか経営している会社に、誰がそんな金を貸すんですか。どうせほかの銀行にも頭を下げてきたんでしょう。そして断られてきたんでしょう。そりゃそうですよ。業績も悪い、収益の安定性にも欠ける。評価のしようがないんだから。うちだって例に漏れませんよ。あなたの会社に融資できる金は一円もない」

「けれどブロックチェーンは」

「そんなものどうでもいいんだよ！」と航さんは怒鳴りつけた。「貸した金に利子をつけてちゃんと返せるのか、われわれが興味を持つのはそこだけです。新技術か何だか知りませんけれど、それが担保になるとでも？　それとも将来性を評価して欲しい？　はん、あなたの仰有りようはまるでおれの宝くじは必ず当たるから金を融通してくれと言っているようなものだ。そうでしょう。あなた自身、馬鹿げた話だとは思いませんか。少なくともわたしはそう思いますよ。ははは、馬鹿馬鹿しくて笑っちまう。なあ、ミヤモトも笑っちまうよな」

「笑いませんよ」とぼくは言った。なぜだか少し腹が立っていた。すると航さんは片方の眉を上げ、その小さな黒眼でぼくをじろっと見た。

「もしかしておまえ、融資するつもりなのか。こんな先行き不透明な会社に？　おい、融資金はおまえの金じゃないんだぞ。みらい銀行の金だ。個人的な同情で仕事をするな」

「同情なんてしていません。ぼくはあなたが馬鹿にした将来性を買っているんです。

西木戸さんの事業は限りなく未来に近い。彼の言う通り、未来では銀行はなくなります。貨幣経済は終わります。多くの仕事は自動化され、人類は苦役の労働から解放されることになり、人間本来の充足した生活を獲得する。そしてより創造的で生産的な活動を社会貢献のために行ってゆくことになります。彼の事業はその将来を建設する一本の柱になるかもしれない。社会のためにもぼくらは融資するべきではありませんか」

「なに感化されているんだ。冷静になれよ」

呆れた顔で航さんはぼくを見つめた。もどかしかった。いっそ自分が五百年後の未来から来たと告白してやろうかとも思ったが、そんなことをしてもついに頭がおかしくなったと思われるだけで到底信じてもらえないだろうし、そもそも調査団の方針としてそれは禁じられている。この調査をつづけたくば素性の告白などすべきではない。ではどのようにして航さんを説得したらよいのだろう。ぼくが頭を悩ませていると、

軽く咳払いして亜梨沙が言った。

「カズマくん、今回の営業はあなたにすべてが任されているはずよ。あなたが融資するべきだと思うならそうするべき。こんな想像力に欠けて打算的な思考しかできないわからず屋がいくら反対しようと無視したらいいのよ。というより、そもそもこの人

には反対する権利なんてないわ。反対する権利があるのは融資審査を行う人だけ。もっとも、いまのままでは審査には通らないと思うから知恵を絞る必要があるけど」

「きみはぼくに賛成してくれるんだね」

「何がなんでもこの会社に融資したいわけではないわ。ただ、門前払いするのは違うと思うのよ。やるべきことを企業だけでなく銀行もやって、そして結論を出すべきよ。知ったふうな顔をしてやるべきことを怠り、さらにくだらない思い込みで相手の価値を決めつけるなんて矮小《わいしょう》な人間の証拠よ。真に正しい思考力を持っていないのよ。わたしは自分自身がそうであることにたえられないし、カズマくんだってそうでしょう。ここにいる人は一名を除いてみんなそうよ」

「何が言いたい」と航さんが押し殺したような声で言った。

「ほら、カズマくん、ここまで言ってわたしが何を言いたいのかわからないだなんてやっぱり思考力に欠けているのよ。相手にするのはやめましょう。時間のむだよ。そんなことよりどうやったら経営の悪いこの会社でも審査に通るかアイデアを出していきましょう」

「きみたちは仲が悪いのかい？」

と西木戸さんが困惑からか眉を八の字にさせながら、亜梨沙と航さんを覗き込むようにして交互に見た。亜梨沙は肯定も否定もしなかった。

「とにかくいまはこの自転車操業の経営状況をどうにかしないといけませんね。懇意にしている企業があると仰有いましたけれど、たとえばそこと提携することはできないのですか。安定的に仕事を回してもらえるように」

「いやあ、どうかなあ」

「なら、もっと下請けの数を増やすとか」

「うーん、それもどうかなあ」

具体的な話をはじめると西木戸さんから急に決断力が失われた。亜梨沙があれやこれやと提案しても彼は煮え切らない返事ばかりよこした。困った人だなと思ったものの、ぼくもその輪に加わり、自分なりにアイデアを出した。

そんなぼくらを不可解なものでも見るかのような眼つきで航さんは眺めていた。そして理解をあきらめるようにため息をつくと、彼はおもむろにソファーから立ち上がった。

「馬鹿を見るのはおまえたちのほうだ」と言い置いて彼はオフィスから出ていった。

その日をさかいに彼とぼくたちは別々に行動することになった。どうにも当初の目的からどんどん離れてゆくような気がしなくもなかったが、すすみ出したこの船を止めることはおろか舵《かじ》を切るつもりさえぼくにはなかった。

そのレンタルビデオ店はタクシー乗り場の向かい側にある。

映画のポスターやよくわからないステッカーが乱雑に貼りつけられた自動ドアをあまりの反応の悪さから手で強引に開け、やや手狭な店内をすすんでゆく。奥まったところにアダルトコーナーがあった。ぼくは素早く視線を動かし、秘匿性が確保されているか確認した。そして問題がないと判断すると、さっとのれんをくぐり、その秘密の花園へ足を踏み入れる。

長髪の男性店員がしゃがみ込んで棚の整理をしていた。ほかに人の姿はない。ぼくと彼とのふたりきりの空間だった。棚を物色しながら監視カメラを盗み見る。ちょうど店員はカメラの死角にいた。ぼくは何気ないふうを装いながら彼のほうへ近づき、背中合わせのまま言った。

「儲《もう》かってまっか」

「ぼちぼちでんな」

こっそり背後を窺うと、すでにリョータはこちらを見ていた。彫りの深い、雄々しくとも剽悍《ひょうかん》ともとれる面構えだった。彼は眉間に皺を寄せると、わずかに小首をかしげた。

「なあこれ、ほんとうに一般的な店員と客の挨拶なのか。二十一世紀に来てから一度も言われたことがないぞ」

「ぼくも一度も言われたことがないけど、用心するにこしたことはない。ぼくらは二十一世紀人より二十一世紀的でなくてはならないのさ。ちょっとしたことからぼくらの正体が露見する可能性だってあるのだから」

それからぼくは自分の近況について話した。リョータはぼくが属する班の責任者であるため、ちょくちょく秘密裏に落ち合っては調査から得た情報を報告している。場合によっては代表協会からの指示を伝えられることもあるので密会の場所には気を遣う。これまで公園やホテルの一室、人気のない夜の波止場、様々な場所で落ち合ったが、どこも完全に秘匿性を確保できなかった。困り果てていたところ、やけになったリョータの提案でアダルトコーナーをその秘密の会合場に選んでみたら、これが意外にも最適な場所だと判明し、以来ずっとここで落ち合っている。

ブロックチェーンの話をするとリョータは食いついた。

「それが空白の二十一世紀を解き明かす鍵になると？」

「どうだろう、そこまでのものではないのかもしれない。けれど何かのヒントはつかめるかも」

「その調査をつづけるためにも、西木戸氏の会社への融資を成功させ、関係を維持しなくてはならないのだが、どうにもそれが難しい？」

「うん」とぼくは素直に認めた。「どうしてこんなにもややこしいんだろう。二十一世紀ではいくら未来を予見できても、あるいは想像を絶するアイデアを生み出したとしても、簡単にそれを実現できない。高い壁を越えた者にだけその資格が与えられるシステムだ。未来とはまるで違う」

「そうかな。未来だって同じようなものだと思うがね。現におれたちは相当の高い壁を越え、かつリスクを負って二十一世紀にやってきた。それこそ命をかけて」

リョータの言う通り、ぼくらは命がけでこの時代にやってきた。

時間遡航法と呼ばれる方法によってぼくらはタイムトラベルを実行するのだが、これには死の危険がつきまとっている。実際に失敗して原子の海に還《かえ》った研究者もいた。

もともと時間遡航法は、ワームホール航法というある点からある点へワープする未来では一般的な宇宙航法を行った際に、偶然事故に巻き込まれて時間遡航できるようになっただけで、なぜ過去に行けるのか論理的に解明されていない。

理由を知らないまま、ワームホールに発生する時空の波へあえて突入すると過去に行けるみたいだからとにかくやってみようという研究者にあるまじき態度で使用しているのだ。当然、事故が多い。しかも死に直結する事故だ。どうにかしなくてはならないのだが、理論が解明されていない以上、打つ手がない。

また、未解明のせいで多くの制限があり、どの時代にでも自由に行けたりはしない。行けるのは２００１年から２０２０年のあいだだけだ。もちろんもとの時代に帰ることはできるのだけれど、行きと同様危険がつきまとう。

なんともやっかいだ。

だが時間遡航ができるワームホールは現在ひとつしか確認されていない。ほかにもっと安全で自由な方法が見つかればよかったのだけれど、そんな都合よく新たなタイムトラベル航法が見つかるはずもなく、ぼくらは危険を承知で時空の波に宇宙船ごと飛び込んでゆくのだ。

なぜそこまでして？

「すべては社会と文化の発展のために」

とリョータはつぶやいてから、力のある眼でぼくを見据えた。

「全体の発展に貢献することは人としての生きる意味であり、同時に社会に属するすべての者の義務だ。この時代の人間はそうではないみたいだが、おれたちにとっては違う。自分の才能を社会でいかし、わずかでも人類を進歩させる。そうだろう？」

「うん」

「しかしな、おれはここで何をしている？　命がけで二十一世紀にやってきたのに、おれがしていることといえばアダルトDVDの整理だ。棚が限られているのに次から次へと新作が入ってくるから、古かったり、人気がなかったりする作品を調べて、それらをとり除いていくんだ。朝から晩までずっと。なあ、おれはほんとうに全体の発展に貢献できているのか。ポルノ女優に詳しくなって誰が救われる？　昔はこのように野蛮にも肉体的な交合を行っていましたと、しかも快楽を目的とする交合が主流でしたと学会で発表して、いったいどれほど社会が進歩する？　明言しておくが、おれが二十一世紀で得た知識でよろこぶのは、十四、五歳の少年だけだ。十六になるときっと通用しない。距離を置かれる。その程度なんだ、おれの調査の価値なんて。なんだか色々と見失いそうだ」

落ち込んでいるのだろうか。

励ましの言葉をかけようとすると、思いがけずリョータはにっこり微笑んだ。

「まあ、夢を見つづけるには同時に振り回されつづけることを覚悟しなくてはならないってことさ。本人だけでなくそのまわりも大いに振り回される。いいことばかりじゃない。むしろつらいことのほうが多い。鈍感になるべきだ。本人もまわりもみんな鈍感になって正常な判断能力を失う。そうしないと実現にこぎ着けない。きっとこれが夢に酔うことの正体だろう」

そのときアダルトコーナーにサラリーマン風の男が入ってきた。

ぼくはとっさにリョータから距離をとって、その客が立ち去るのを待った。客はしばらく物色してからこれぞと思った一品を抜きとり、そしてぼくと視線がかち合うと紳士的に目礼して立ち去っていった。むだに時間をかけない、きわめて粋な客だった。

「ところで対象者と密接な関係を築けそうか？」

「ああ、そういえばそんな命令もあったね。忙しくてそれどころじゃなかったよ」

とぼくが頭をかきながら白状すると、リョータはわずかに眉をひそめた。

「弱ったな、その進捗状況も報告するよう求められているんだぜ。何か新発見でもあれば大目に見てくれるかもしれないが」

「新たな発見ならあったよ」

「それは？」

「『白蛇抄』という映画を前に見たんだけど、若い青年が性的衝動を抑えきれなくなって自らの性器で障子という障子を突き破る場面があった。ぼくはすっかりたまげてしまった。何をやっているんだと思った。しかし次の日、ぼくは『太陽の季節』という作品に出会った。そこにも驚くべきことに、自分の性器で障子を突き破る場面があったんだ……ここまで言えば、ぼくが何を発見したかわかるだろう」

「ああ、わかる。障子とはそのために存在しているんだな」

ぼくはほくそ笑んで静かに肯いた。

「また改めてレポートを提出するよ」

「そうしてくれ。すばらしい発見だ。おそらくおまえの書いたレポートはデータ化されて自動検索に反映されることになるだろうから、短い文章で要点をまとめたものも添付してくれると助かる」

「わかった。社会の役に立てて嬉しいよ」

軽く世間話をしたあと、ぼくは店内を回って古い映画を五本借りた。レンタルビデオ店を去る頃には、知らず知らずのうちに鬱積していた憤懣《ふんまん》が少し軽減されていた。同じ時代の人間と話をすると精神は安定するものらしい。そんな発見もあった。

それから、さらに慌ただしくなった。

西木戸さんの人脈を最大限に利用してなんとか継続的な仕事を請け負おうと方々をかけずり回ったが、どこも単発の仕事なら用意できるという返事だった。一回こっきりの、報酬の少ない仕事だ。それでもむりやり用意してくれた仕事だと察せられたので食い下がることはできなかった。

二十社くらい回って、ようやく定期的に任せてもよいと言ってくれる会社に出会った。アダルト業者のウェブ広告を作成するものだった。どのような内容だって仕事には変わりないのだからよろこんで引き受けた。しかしそれだけでは焼け石に水だった。背に腹はかえられない。

ぼくは航さんに知恵を借りようと決心した。実際のところ勝負なんてどうでもいいし、そんなものにこだわってこの融資が失敗するくらいなら負けを認めて頭を下げたほうが建設的だ。彼だってきっとわかってくれるだろう。

だが渉外部の事務室に航さんの姿はなかった。近くの人に所在を訊ねても、朝からずっといないという返事だった。その翌日も、そのまた翌日も同様だった。

めぼしい企業を回り終えるとぼくらは打つ手がなくなった。ぼくも西木戸さんも疲《ひ》労困憊《ろうこんぱい》でソファーにぐったりと座った。亜梨沙も疲れ切っているはずなのにその様子を少しも見せず、飲み物を買ってくると言ってオフィスから出ていった。

ホワイトボードの向こうからキーボードをたたく音が聞こえる。夜遅くまで彼ら従業員はソフトウェアの開発を行っている。しかし融資が失敗に終わると、そんな彼らの苦労など無視して事業が頓挫する可能性だってある。

なんとか彼らの努力に報いてやりたい。

いつの間にかぼくのなかに銀行員の立場を超えた仲間意識が芽生えていた。もしかしたらこの意識が重要になってくるのかもしれない、と思った。未来で銀行がなくなるのは確定している。この先、きっと銀行は規模を縮小し、これまでのやりかたを改めるよう時代に要請されることだろう。ふんぞり返って顧客を選別するような態度ではなく、もっと顧客に寄り添ってコンサルテーションするような、つまり、顧客にとって銀行は敵ではなく、パートナーになるべきなのだ。もはやそれは銀行と呼べる形態ではなくなっているかもしれないが、そうしなくてはきっと生き残れないだろう。

自分自身の思いや考えを整理して、頭のなかでレポートの下地をつくっていると、西木戸さんがふと言った。

「すみませんね、うちの営業みたいに扱ってしまって」

「いえ、お気になさらず。やるべきことをやっているだけですから」

ぼくはにっこり微笑む。しかし彼の表情は暗かった。

なんとなく気まずい空気になったので、ぼくは話題を変えて、ブロックチェーンの未来について訊ねてみた。すると彼の表情はぱっと明るくなり、少年のような瞳をぼくに向けて語った。

「以前仮想通貨が注目されたときは、あくまでも投機的な目的から注目されていました。いまはその熱もだいぶ冷めましたが、むしろこれは好機なんです。なぜかっていうと、通貨の価格が安定するからです。そのうち市場整理が行われ、有象無象の仮想通貨が淘汰《とうた》されるでしょう。投機としての仮想通貨の終わりです。そしてようやく技術が正当な評価を受けることになり、次のレベルの生活、次の社会をつくってゆく。インターネットのようにね。わたしがやりたいのは、要するにその手伝いなんです。身の丈に合っていない夢かもしれませんが」

「そんなことはありませんよ。ところで、質問してもいいですか」

「どうぞ」

「この先、通貨がなくなることがあると思いますか」

「以前にも似たようなご質問がありましたね。ミヤモトさんは貨幣経済の行方にご関心が？」

「ええ、まあ……」

とぼくは言葉を濁した。すると西木戸さんは眉間に皺を寄せて考え込む。

「現金化できない何らかの価値基準を軸にしてブロックチェーンを再構成すれば、もしかしたら貨幣経済を放逐できるかもしれません。たとえば、信用度とか社会的評価とか」

「それですよ」思わずぼくは立ち上がった。「社会の評価を唯一の価値基準にして貨幣経済を放逐する。それです。未来はそうなります。あなたはいますぐにでもそのシステムを開発したほうがいい」

「やあ、ちょっと、誤解させてしまいましたね。座ってください」

西木戸さんはその柔和な顔に苦笑を浮かべる。ぼくがわれに返って着席すると、彼はつづけて言った。

「ほんとうに将来そのようなことになるのだとしても、それは将来の話であっていまの話ではありません。すなわち、それを実現する技術が現在にはないということです。世界の仕組みそのものをひっくり返すことになりますからね」

「貨幣だけでなく国家もなくなる？」

「なくなるかどうかはわかりませんが、大きく変わることにはなるでしょう。なんと・

いうか、国家より社会という共同体がより重要視されるような……やあ、よくわかりません。このテーマの解答は未来に預けておきましょう」

と西木戸さんは笑った。ぼくも笑って肯いた。

亜梨沙が戻ってきたのでぼくらは会話をやめた。てっきり缶コーヒーを買いにいったのだとばかり思っていたが彼女が抱えていたのは栄養ドリンクの箱で、ぼくと西木戸さんだけでなく従業員全員にそれを配った。ぼくたちは一気に飲み干すと、気合いを入れなおして作業に戻った。

しかし次の日、事件は起きた。

朝、大好きなゼリー飲料を飲みながら調査団のレポートをチェックしていると、ぼくに関連するトピックとしてあるニュースが視界に割り込んできた。何気なくそれを開いて読んでみた。

《再び仮想通貨取引所において大規模な不正行為発覚――》

朝礼が終わると大慌てで亜梨沙と一緒に西木戸さんの会社に向かった。

オフィスはしんと静まり返っていた。社員は皆一様に頭を抱え、何をするわけでもなく手もとを眺めている。胸が苦しくなる重い空気が漂っていた。

西木戸さんは自分のデスクに向かっていたが、作業をしているわけではなく天井を見上げてぼんやりとしていた。声をかけるとようやく彼はそのうつろな眼をぼくらに向けた。

「どうなっているんですか」

ぼくがそう訊ねると、彼は頭をかいていかにも面倒くさそうな様子で言った。

「エンザンという最近勢いのあった仮想通貨取引所がね、相対取引で多くの仮想通貨を売買しながら、その一方で大規模に買いや売りをしかけて価格をコントロールしていたんですよ。不正操作をしながらノミ行為までして、莫大《ばくだい》な利益を得ていた。ああ、ノミ行為というのは顧客からの注文を取引所に出さずに、自分が直接その相手方になって売買して取引所を通した通常の取引のように装うことです。まあ、この行為自体はめずらしくないというか、仮想通貨に限らずFXでも行われているのですが、今回の場合では悪意を持ってそれが行われていた。顧客からお金を巻き上げてエンザンだけに利益が集まるようにね。つまり、詐欺ですよ。以前にも取引所で大きな事件があったのですが、それはどちらかというとセキュリティー意識に問題があった事故で、こんなにも悪質な詐欺行為ではなかった。前代未聞です。わたしたちはもうおしまいだ」

「ですがそれは、その取引所が悪事を働いただけでしょう」

「そんなの関係ないんですよ、ミヤモトさん！」

西木戸さんは苛立ちをあらわにしてデスクをたたいた。その乱暴な音に驚いて亜梨沙が小さな肩をすくめると、彼はしまったという顔つきになって失礼と謝罪した。彼がいっぱいいっぱいになっているのは明らかだった。

「前回の事件のとき、ブロックチェーンの技術はこてんぱんにたたかれました。あぶく銭を稼ぐための、うさんくさい技術だってね。それが今度は詐欺行為に利用されたんですよ？　どんな中傷を受けることになるか……」

「言いたい人には言わせておけばいいんですよ」

と亜梨沙が励ますような口調で言った。しかし西木戸さんは首を振る。

「技術とはそれを使う人がいてはじめて価値を生み出すのです。その技術を誰も信じなくなり利用者が激減すれば、企業もそれをとり入れようとしなくなる。そしてブロックチェーンの技術は衰退し、やがてみんな忘れてしまう」

ぼくにはどうもわからない話だった。そういった悪い業者がいただけなのになぜそれが技術そのものの信用度にかかわってくるのだろう。彼は思いがけない事態に直面して適切な思考力を失い、悲劇的な気分にひたっているのではないか。

「ほんとうにこんなところで終わっていいんですか」

とぼくは大きな声を出した。そして西木戸さんだけでなく社員全員に向かって言葉をつづける。

「相場は暴落している。もしかしたら西木戸さんの言う通り技術の信用度だって暴落しているかもしれない。とても好ましい状況ではないでしょう。けれど、ぼくらは何も失っていない。今回の事件で具体的に何か損失がありましたか。あるはずないんです、まだぼくらはスタートラインにすら立てていないのだから。それなのに、想像の未来に怯えて、すべてを投げ出してしまうだなんて馬鹿げていますよ。あなたがたが追いかけていた夢は、こんなところで終わっていいものなんですか。そしてそれは成功が確約されていないと追いかけてはいけないものなんですか。違うでしょう。夢が人を振り回すのなら振り回されればいい。失敗を強要するのなら失敗すればいい。つらいこと、苦しいこと、そういったものを一身に受けながら最後までしがみついていた者にだけ、はじまりは訪れるのです。夢の実現へのはじまりが。あなたがたはまだ何もはじまってもいなければ、何も失ってもいない。仕事を再開してください。終わったと決めつけるには早過ぎる」

しかしフロアに特段反応は生まれず、しんとしていた。

西木戸さんは腕を組んで黙り込んでいる。反駁《はんばく》することも仕事の指示を出すこともない。もうこれまでかと思われた矢先、ひとりの社員が椅子から立ち上がった。眼鏡を隠すほどの長い前髪がまず眼についた。いつだったかぼくにお茶を出してくれた青年だ。

「ネ、ネットでは、す、すごくたたかれています。懲りずに仮想通貨なんかやっているから、こ、こうなるんだって。みんな、ギャンブルの側面でしか見ていないから、と、投資家とか、金持ちとかが、しし、失敗するのがうれしいんです。ルサンチマンです。で、でも、ぼくらがやりたいのはそういうことじゃない。け、経理システムなんて、くだらないかもしれないけれど、この技術を通常業務に落とし込むのは、な、なんていうか、最適の選択だと思いますし、これは、あの、全体にとっても進歩を促す。ぼくはそう思います。そう思って、今日までやってきました。間違っていたとはまったく思いません。そして、こ、ここで、終わらせていいとも、思いません」

痩せた自分の腕をさすり、いかにも自信なさげな様子だったが、それでも彼の瞳には力強さがあった。西木戸さんはそんな彼をじっと見つめながら、しかし現実的な問題を挙げる。

「きみの気持ちはよくわかった。けれど、この状況で開発をつづけてゆくのはきわめて困難だ。ミヤモトさんは親身になってくれているが、きっと融資は受けられないだろう。そうなると、きみたちの給料だって払えなくなる。潮時だったんだよ。システムの開発はやめて、下請けでやっていこう。それならなんとかなる」

「こ、この会社の立ち上げに参加したときから、ぼ、ぼくは、給料なんてあてにしていません。というか、お金が欲しいなら、もっと違う仕事をしていた。お、お金だけじゃないんです」

「おれもです」と言って違う社員が立ち上がる。「ろくな設備がない、金もない、あるのは残業だけ。完全にブラック企業だ。それでも男所帯のむさ苦しいオフィスで寝るのも忘れて仕事に没頭してきたのは、みんな、社長の語る未来に夢を預けたからです。まあ、酔っ払っているんですね。でも、おれは気持ちよく酔っ払って冴《さ》えない現実を忘れているんだから、コップをとり上げるような真似はしないでくださいよ」

　彼につづいて残りの社員も立ち上がり、おのおの思いの丈をぶちまけた。誰もやめようとは言わなかった。むしろ開発をつづけようと、こんなところで終わりたくないと主張した。若さと熱意とが彼らにある種の覚悟を生み出させていた。

「けれど、精神論でなんとかなるものじゃないんだぞ」

「なんとかしましょうよ」

困惑する西木戸さんに、前髪の長い青年がはにかんだような笑みを向ける。

「いつか、きっと、あのときは大変だったたって、笑って話せる日が来ますよ」

やりましょうと社員が一斉に言った。熱のこもった彼らの決意を聞いて、西木戸さんは大きくため息をついてうなだれた。しかしふと顔を上げたとき、彼の眼にはいままでにないほどのぎらぎらとした輝きが宿っていた。

方針が決まった瞬間でもあった。

相場の下落はその後もつづき、事件を起こした取引所には金融庁の立ち入り検査だけにとどまらず警察の強制捜査も行われ、マスコミの仮想通貨バッシングは過熱した。ちょっとでも仮想通貨を擁護しようものなら晒《さら》し者《もの》にされ、自分の意見が正しいと信じて疑わない無邪気な連中から執拗《しつよう》に攻撃を受けた。

日に日に仮想通貨が、そして技術そのものが悪になってゆく。

それでもぼくらは仕事をつづけた。

請け負った仕事をこなしながら、とにかく予算のつづく限り開発をすすめる。それが最終的な結論で、とても企業が採択する方針とは思えないものだ。しかし社内はこれまで以上に明るく、活発に意見を交わしていた。開きなおりに近い心境に全員が達していたことが、かえって社内のムードをよくしたのかもしれない。

亜梨沙は西木戸さんと一緒に再び方々をかけずり回った。だが仕事の依頼を獲得するためではない。開発中の経理システムを売り込むためなのだ。大手企業にこの技術を売り込み、導入をすすめつつ資金援助を得ようという魂胆だった。現在をとり巻く状況が状況だけに難色を示されるのが大半だったが、なかには話を聞いてくれる企業もあった。やはりシステムの導入によって人件費を削減できるというのが魅力的に思えたらしい。とはいっても、このシステムを導入すると、必然的に仮想通貨で取引を行わなくてはならなくなるため、好意的に話を聞いてくれた企業も最終的には不安定な相場を指摘して、いますぐそれを導入するわけにはいかないと言った。亜梨沙は毎日口惜しそうな顔をしていたが、彼女の働きもあってこの経理システムの噂はひろまっていった。ネットニュースの記者が取材にやってきたのもその成果のひとつだろう。

ぼくはといえば、システム開発の手伝いをしていた。もともと社員数が少ないこともあって猫の手でも借りたい状況だったのだ。ぼくに専門的な技術は何もなかったのだが、彼らがやろうとしていることは未来の技術にくらべればやはり原始的だったこともあり、脳チップ機能の補助を受ければ素人のぼくでも手伝いくらいならなんとかなった。何かの役に立つかもしれないと思って観た『ウォー・ゲーム』や『バトル・

オブ・シリコンバレー』はあまり役に立たなかったのだけれど。

朝礼と終礼のときにだけ銀行にいて、あとの時間は自分が銀行員であることを忘れるほどパソコンに向かう。ここまでする必要があるのかと、きっと航さんなら眉をひそめただろう。ぼく自身、損な役回りをすすんで引き受けているように思わなくもないし、もし他人がぼくのようなことをしていたらお人好《ひとよ》しだとあざ笑ったかもしれない。けれど彼らと同じ釜で飯を食べ、かたい床の上に寝袋を敷いて眠り、それから仕事の話やそれぞれの生い立ち、いままで一番つらかったこと、趣味のこと、映画のこと、ほんとうに様々なことを話し合ううちに、これでよかったのだと思えるようになった。最初は彼らにとっつきにくい印象を受けていたのだけれど、いまでは軽口を言い合える仲になり、ぼくらの言葉に遠慮や嘘はなかった。意見が対立することもときにはあった。しかしそれは本音をぶつけ合っている何よりの証拠だった。彼らのパートナーになれたのだと実感した。長い前髪の佐藤《さとう》くんが、自分用の口座を今度みらい銀行でつくるよと言ってくれた。きっと安心して任せられるからと。たった一件新規口座の開設を予約されただけなのに、不思議なくらい嬉しかった。

そして渉外活動の最終日を迎えたとき、突然危機が訪れたように救いの手もまた唐突にさし出された。ぼくはよろこびよりも先に驚きを感じた。それは、救いの手をさし出してきた相手がみらい銀行とはライバル関係にある東協名和銀行だったことに原因があった。

昼休みになった。ぼくは窓口を離れると、昼食をとるために社員食堂へ向かった。

食堂は、相変わらずがらんとしていた。

注文したきつねそばとおにぎりをトレーに載せてテーブルに着いた。隅に設置されているテレビがワイドショーを映していた。コメンテーターが真剣に議論するのは芸能人の不倫についてばかりで、仮想通貨にはもう誰も言及しない。ぼくはそばを啜りながら、嵐のように過ぎ去った西木戸さんたちとの日々を思い返した。

乱暴にトレーが置かれる。

はっと顔を上げると、つまらなそうな顔をした航さんがぼくを見ていた。彼はぼくの対面に座り、まずそうにメンチカツをほおばった。日替わり定食ですかと訊ねると、ああと彼はぞんざいに答えた。そしてコップいっぱいに注がれた水を飲んで、彼はひと呼吸ついた。

「東協名和が出資してくれるんだって？」

「西木戸さんたちのことですか？　いえ、まだ出資が決まったわけではありません。ほかにも数社に声をかけていて、今度、コンペみたいなことをするようです。そこで選ばれれば東協名和と共同でシステムを開発することになる」

「まあ、あそこは仮想通貨に熱心だからな」

「東協名和の名前で取引所もつくるそうですよ。プレスリリースで信頼のできる取引所を開設し、仮想通貨の不信感を根本から払拭するって宣言していました。理解があるんですね」

「というより鼻が利くのさ。応用できれば、人件費を削減できると踏んでいるんだろう。やつらが成功すれば、きっとほかの銀行もそれにつづくだろうな。それで、勝てそうなのか。西木戸のところは」

「うーん。競合相手は名の知れた会社ばかりですし、かなり厳しいとは思うんですけど、まあなんとかしてくれますよ。そう信じています」

「お気楽だな。まだやつらと関係をつづけているのか」

「ええ。仕事帰りにちょくちょく寄っています。ブロックチェーンやＩＴ技術のレクチャーを受けているんですよ。第一線の人たちから教わるわけですから、かなり勉強になります。けれど、一段落ついたらそれもやめようと思っています。みらい銀行の人間が出入りしているのは、なんていうか、体裁がよくないでしょうから」

「いっそ西木戸のところに転職したらどうだ。おまえ、銀行員に向いてないよ」

航さんは箸を置いて、急に鋭さを増した眼をぼくに向けた。

「西木戸のところにかかりきりで、結局一件も融資を成功させられなかった上、最後にはおまえが尽くした西木戸に裏切られ、うまいところは全部東協名和にもっていかれた」

「裏切られたとは思っていませんけどね」とぼくは口を挟んだ。

航さんは少し不愉快そうに眉を寄せたが、話をつづけた。

「ともかくおまえは一円も利益を生み出さなかった。金にならないことをずっとしていたんだよ。それは一般的には立派と呼べる行為なのかもしれないが、銀行という組織にとっては迷惑でしかない。少なくとも本社がおまえの行動を評価することはないだろう」

「平気ですよ。人事評価のために働いているわけではありませんから」

「じゃあ何のために？」

「社会のために。銀行という組織もまたそうあるべきだ」

ぼくはいたって普通の意見を言ったつもりだった。しかしそれは二十一世紀の普通からはかけ離れているらしく、航さんは変な顔つきになった。ぼくは慌ててつけたした。

「つまり、企業は利益を追求するだけでなく、得たものをいかに社会に還元するか真剣に考えるべき時代になったということです」

「とてもそんな時代になったようには思えないな。まず間違いなく本社は社会貢献なんて考えてないぜ。そんなところに一年後にはおまえも行くわけだ。苦労するのが眼に見えている」

「あなたほどじゃないですよ」

とぼくが言うと、航さんはよくわからないといった表情を浮かべる。しかしそれは少々くさい芝居だった。

「東協名和銀行に渡りをつけてくれたのは航さんなんですよね。西木戸さんが担当者から聞いたって言っていましたよ。航さんが何日も通いつめて説得してくれたから、うちにも声をかけてもらえることになったって。西木戸さん、ほんとうに感謝していましたよ。見放されたと思っていたからなおさら」

「さあ、どうだったかな。東協名和に知り合いがいるから、ちらとそいつに言ったかもしれんが」

「ねえ航さん、あなたは口を開けば効率だの何だのと言います。でもほんとうは、そんなものどうでもいいと思っているんじゃないんですか。ぼくは今回の経験を通じてよくそれがわかった。融資はできませんでしたが、うちをメインバンクにすると言ってくれた人がいたんです。もちろん西木戸さんもそう言ってくれました。やるべきことをやって、その企業と密接な関係を築くと、めぐりめぐって利益は還ってくるように思うんです。企業をつくるのはシステムではなく、やっぱり人なんですから。あなたはそれをわかっていた。だから、手を焼いてくれた」

「おれは必要としているところに売っただけさ」

そう言って航さんはまだ半分以上ご飯が残っているのに席から立ち上がり、トレーをつかんだ。

「ほんとうにそれだけですか」

とぼくは訊ねたが、彼は何も答えず食器返却口へ向かった。そして一度もこちらを振り返らずに食堂から出ていった。

「もしかすると航さんの言う効率とぼくたちの思う効率は、実はちょっと違っているんじゃないのかな。預け替えのときだって、あのお客さんはそもそも預け替えに消極的だったわけだし、それをむりに預け替えてもらうんじゃなく保険会社を紹介するのって、結構、顧客本位の考えかただと思うんだ」

仕事帰りの電車のなかで亜梨沙にそう言うと、彼女はため息をついた。

「カズマくんはすっかりあの人のシンパになってしまったのね。わたしはかなしいわ」

「でも、そう思わない？」

「思うわけないでしょう。あの人は自分の得になることしかしない冷血漢よ。血はどろどろに溶かした金でできているの。そして毎晩札束の風呂につかって高笑いしているのよ」

と言って彼女は流れる景色を眺めた。つられてぼくも車窓に眼をやる。ガラスにはしずくがまばらに垂れていて、灰色の雲が空を覆っている。しかしずっと遠くのほうでは雲が夕焼けにとかされ、晴れかかっていた。そのわずかな天気雨が焼け落ちた雲の欠片《かけら》のように見えた。きらきらと輝いて地上に降り、反射した光が一瞬車内にさした。あっと声を出そうとしたとき、その美しい光景は逆光のなかの建物に隠される。人家やビルはずらっと建ち並んでいて黒っぽい。ガラスにぼくの顔が映った。ふと彼女がぽつりと言った。

「聞いた話なのだけれど、あの人ってもともと本社で働いていたそうよ。あなたと同じ総合職だったのね。それがいまではわたしと同じ地域採用職……たぶん、何かあったんじゃないのかしら」

「そうだったんだ。何があったんだろう」

「知らないいし、想像もしたくない。けれど、それが何かわかったら、あの人の抱える矛盾も理解できるんじゃないの」

上りの電車とすれ違い、激しい音がした。窓ががたがたと鳴った。すべての音が行き去ると、何の変わりもない雨雲に覆われた街がぱっとひろがった。なぜか夕焼けはもう見えなかった。

「ところでカズマくん」

亜梨沙が上眼遣いでおずおずと言った。

「今回もあなたに色々と迷惑をかけたと思うのよ。ほら、勝負だ何だって言って、あなたに苦労させてしまったでしょう。だから、何かお礼をしたいのだけれど」

これだ、と思った。はっきり言ってほとんど忘れていたが、ぼくは彼女と密接な関係を築くよう指示を受けている。仕事も一段落ついたし、そろそろ真剣に彼女との仲を深めていかなくてはならない。であれば、この申し出は渡りに船と言える。遊びに誘うにはちょうどよい。

むろん、ぼくとて何も考えていなかったわけではない。こういうときのために実は女性をよろこばせるとっておきのプランを考えていたのだ。

「レンタルだけだとなかなか昔のすばらしい映画が手に入らなくて、最近は通販サイトで買うようにもなったんだけど、まだ時間がなくてひとつも観ていないんだ。だから、どうかな、一緒にぼくの家で映画を観るというのは。それがお礼。もちろんお酒も用意するよ。意識を失うくらい飲んでくれていい」

「意識を失うくらい酔わせてどうするの？」

「最終的にはきみとの関係をより密接なものにする」

「最低じゃない！」

その白い頬を赤く染めて亜梨沙はぼくを非難した。

「失望したわ。カズマくんはもう少し誠実な人だと思っていたのに、下心丸出しで迫ってくるだなんて。わたしはそんなに軽い女じゃないの。誘われたからってほいほい家についていくと思ったら大間違いよ。だいたい、必要な手順があるでしょう。いきなり家じゃなくてまずは映画館でしょう。なんとなく仲がよくなってきたなと思ったら、今度は少し遠出して富士急《ふじきゅう》ハイランドに行くの。そして夏にはサマーランドに行ってわたしのちょっと大胆な水着にあなたはドギマギするの。これよ。これが必要な手順というものだわ。なのにあなたはその手順を踏むことを怠り、いきなりメインディッシュを食べようとした。わたしを軽く見ている証拠よ。大変不愉快だわ。明日からわたしを見かけても話しかけないで」

「それは困るよ。ぼくはきみじゃないとだめなんだ」

「な、何なのよ、あなた」

電車が止まると彼女は素早く鞄をつかみ、さっとホームに下りた。いきなりのことで、しかも彼女が本来下車するのは次の駅だったので、ぼくは完全に虚を突かれてしまった。

戸惑っているうちにドアが閉まる。まずいと思ってぼくはドアに駆け寄り、へばりついてドアガラスをたたいた。彼女はそんなぼくをちらと見た。そして、いたずらっぽく舌を出した。

4　嘘と秘密：前者はおおむね悪意から、後者はおおむね善意を装った悪意から生み出される。両者とも暴いたところで不幸しか呼ばないが、それでも人はいつの時代でも真実を求めたがる。

五百年後の未来について何か思い出そうとしたとき、ぼくの脳裏に真っ先によぎるのはトダの姿だった。

その当時、ぼくは未成年都市に住んでいた。子供だけの都市だ。ぼくらはそこで毎日勉強をして、運動をして、人格教育も受けて、時が来るとそれぞれの能力に見合った都市へ移される。一番の人気は大学都市だった。大学都市へ行き、さらに選抜されて大学院にすすみ、ゆくゆくは代表協会の一員になる。それがエリートコースなのだ。

トダは大学都市に行くことに強いこだわりを持っていた。実力が伴っていないことを自覚せず、また、自分を何か特別な存在のように思っている節が見受けられ、仲間内からはあまり好かれていなかった。ぼくも彼のそういった性格はなおしたほうがよいと思っていたが、べつに嫌っていたわけではない。自然児のぼくにも普通に接してくれたので、どちらかというと好きだった。

　夜になると、ぼくはよくトダと話をした。彼とはルームメイトだったのだ。彼は二段ベッドの上で寝そべったまま、おれは必ず大学都市に行くと言った。決まり文句みたいなものだった。

「どうしてそんなに行きたいの？」と、いつだったか訊いたことがある。彼は声を弾ませてこう答えた。

「知らないことを知りたいからさ」

「どうして？」

「またどうしてかよ。おまえ、それぱっかりだな」彼はベッドから下りて、ぼくのとなりであぐらをかいた。「知りたいと思うことに理由なんかないよ。人間てのは、どうやったって真実を求めてしまうんだ」

「そうかなあ」

「そうだよ」とトダは唇をとがらせた。ちょっと不機嫌になったのだ。でも当時のぼくは自分でもまいってしまうほど空気が読めなかったので、でも大学都市に行くにはトダの頭ではむりだねと信じられないことを言ってしまう。

「そんなことあるものか。おれはな、絶対に大学都市に行くぜ。そして、この世界の真実を全部知るんだ」

「ぼくも行ってみようかな」

「おまえにはむりさ。絶対むり」とトダは笑った。「その指定席はおれで売り切れなんだ」

けれど、トダが大学都市に行くことはなかった。反社会思想に染まった疑いで収容所に送られることになったからだ。彼は必死に否定したが無意味だった。疑われた時点でもう終わりなのである。文字通り終わりだ。収容所から出てきた人間などぼくらは聞いたことがなかった。連行されるときトダは激しく抵抗したので、協会員から暴行を受けた。腹を蹴られながら、くそったれとトダは叫んだ。こんな社会なんてくそったれだと。すると遠巻きで見ていたぼくらのもとに協会員のひとりがやってきて、彼の意見に同意するかと訊ねた。ぼくらは声を揃えて言った。

「いいえ、社会の意思に疑いはありません」

協会員たちはぼろぼろになったトダを引きずって寮から出ていった。ぼくは自室に戻り、宿題を再開した。でもなかなか集中できなくて、なんとなく二段ベッドにのぼって寝っ転がってみた。上で寝るのははじめてだった。何度かかわってくれとお願いしたことがあるのだが、トダは絶対にかわってくれなかったのだ。わがままなやつだったなあ。ほんと、嫌な性格をしていた。みんなが嫌うのもよくわかる。そんなことを思いながら、ぼくは顔を手で隠しながら眠った。それが彼との最後の思い出だ。

なあトダ、おれはおまえが好きだったよ。おれはおまえのかわりに大学都市に行き、調査員として代表協会の仕事を請け負うことになった。おまえが望んでいた未来をおれがかわりに歩いている。けれど、おまえが言っていたほど、いいものじゃないぞ。銀行なんかで働かされることになるし、世界の真実なんてそもそもあるのかどうかすらわからない。おまえがいまどうなっているのかもわからない。知らないこと、わからないことだらけだ。

でもひとつだけ、最近になってしみじみとわかったことがある。それはおれが思っていた以上におまえは大切な存在で、おれの行動原理に深くかかわっているということだ。少なくとも、おれの眼の前で誰かが困っていたら、あるいは誰かが助けを必要としていたら、もうおれは黙っていないだろう。たとえそれがお節介だろうと、道に反することになろうとも、おれはおれのやるべきことを探すだろう。そうしなくてはならないのだ。それが正しいのだと、いまでは確信を持って言える。


「無茶なことを言うなよ」

たまらずに上げたぼくの声がアダルトDVDの棚に反響する。

リョータははっと周囲に眼をやった。幸いにもアダルトコーナーに二十一世紀人の姿はない。ここにいるのはぼくとリョータとキリエさんの未来人だけだ。彼は冷や汗をぬぐってほっと胸をなで下ろす。ぼくも自分の軽率な行為を反省しながら、ひとまず安堵した。

これまでぼくらはリョータの働くレンタルショップのアダルトコーナーで秘密の集会を行ってきた。班長のリョータに研究結果や活動内容を報告したり、場合によっては代表協会からの指示を通達されたりする。きわめて重要な集まりだ。だからぼくらは極力人目につかず、また、秘匿性が確保されたこのアダルトコーナーを集会場所に決めて、他人のふりをしながらこっそり情報共有を行ってきた。まるでスパイ映画のようだ。とくに背中越しで会話するときにそう感じた。白状すると、とても楽しかったし、自分が思うかっこいいスパイを演じていた。無茶な指示を受けるさっきまでは。

ぼくは咳払いをひとつしてから、キリエさんに視線を送る。大きなサングラスをかけて、胸もとの開いたキャットスーツを着ている。彼女も相当スパイ気分を満喫しているらしい。まるで『チャーリーズ・エンジェル』の世界から抜け出てきたかのようだ。目鼻立ちがはっきりして、背の高い彼女にはそういう恰好《かっこう》がよく似合っているし、また、セクシーだと思う。だが目立って仕方がない。自分はあやしいですと公言しているようなものだ。

「どうしてこんな彼女に、亜梨沙の意識調査を任せるんだ」

「こんなとは言ってくれるじゃない」キリエさんはガムを嚙みながら反論する。なんだかその姿が『チャーリーズ・エンジェル』というより、もっと安っぽいB級映画の登場人物のように見えた。

ぼくは目下、同期行員の篠塚亜梨沙と深い関係を構築するよう指示を受けている。亜梨沙とはそれなりに良好な関係を築けているはずだが、残念ながら深い関係と呼べるレベルにはいたっていない。すると業を煮やした代表協会が、亜梨沙自身がぼくに対してどのような認識でいるのかほかの女性を使って調べてこいと指示を出してきたのである。なかなかに無茶な要求だが、二十一世紀の女性たちは女子トイレで男性を品定めする習慣があると報告したのがほかの誰でもないぼくで、協会は要するにそれを忠実に遂行しようとしているだけなので、ぼくに反論する資格があるようには思えなかった。だが、キリエさんはない。何かにつけ男性の肉体がとか、筋肉の隆起に人間の野性が潜んでいるとか言い出す人がかかわってきて、ろくなことになるはずがないのだ。

「おまえの言いたいことはわかるつもりだが、これは決定事項だ。こらえてくれ」

その精悍《せいかん》な顔に申し訳なさを滲《にじ》ませながらリョータが言う。ぼくは大きなため息をついた。現場の意思など関係ないのだ。ぼくたちは協会が決めた通りに任務を遂行しなくてはならない。

「カズマ、心配はいらないわ」とキリエさんが明るい調子で言った。「任務は完璧にこなしてみせる。わたしは眼を見ればたいていのことがわかるの。二十一世紀人の野性的で汚れを知らぬ眼！　対象者篠塚亜梨沙も丸裸にしてやるわ。彼女の羞恥と愛欲とに揺れる眼の輝きから、彼女自身が気づいていない野性的な衝動を白日のもとにさらすのよ。大丈夫、きっとうまくいく」

「うまくいきそうにない。そもそも意味がわからない」

リョータに視線を送ると、彼は引き攣った笑みを浮かべた。

「まあとにかく、明日、おまえの銀行に向かわせるから、どうにかキリエさんと対象者を引き合わせるんだ」

「何て言って引き合わせよう」

「実家から姉が来ているから紹介したい、というのはどうだ」

「姉？」

ぼくはキリエさんの顔立ちを改めて見てむりがあることを悟った。ぼくらはあまりにも似ていなかった。

「友人なんてどうかしら」キリエさんもむりを悟ったようだ。

「わざわざ友人を紹介するかなあ。変じゃない？」

「無二の親友なら変ではないだろう」とリョータが横から言う。

「二十一世紀では、親友というのは同性間で成立するものなんだろう。未来だって異性間の親友はめずらしい。むりがあるよ」

「ははは、カズマ、おまえは研究が足りないな」高く締まった鼻をかいてリョータは笑った。馬鹿にされたような気がしてぼくは口をとがらせる。「どういうことさ」

「どうもこうもない。成立するんだよ。この時代は男女間についてのみ、未来を凌《りょう》駕《が》するほど先進的なんだ」

「そうなのかい？」驚いてぼくは訊ねる。

「ああ。二十一世紀では、きわめて深い友情を構築した男女のことをセックスフレンドと呼ぶそうだ。そういう名称があるくらいなんだから、きっと市民権を得ているのだろう」

「セックスフレンド？　性別の違う友、という意味なのかな。文法が間違っているように思えるのだけど」

「たぶん和製英語ってやつさ。文法より語感が優先されるんだよ。いずれにしても、その概念はおまえたちにとって好都合だ。なにせセックスフレンドだと、恋愛関係になくても同じ部屋で寝泊まりしていいんだから。対象者だけでなく近隣住民にも自分たちはセックスフレンドだとちゃんと言っておけよ。そうすれば、今後何かがあってキリエさんがおまえの家に行くことがあっても不審に思われることはない」

「へえ、そうだったのか。さすがだね。だてに班長をやっていない」

「よせよ」

と満更でもなさそうにリョータは口角を上げた。

するとキリエさんが一歩すすみ出て、ぼくに握手を求めてきた。

「決まりね、わたしたちはセックスフレンドよ。必ず成功させましょう」

「よろしくね」

ぼくはキリエさんと握手を交わした。最初は不安だったけど、なんだかうまくいきそうな気がしてきた。

ちょうどそのとき、のれんをくぐって中年の男がＡＶコーナーに入ってきた。二十一世紀人だ。ぼくらは慌てて他人のふりをしようとしたが、彼はキリエさんを見るなりぎょっとした顔をしてＡＶコーナーから出ていってしまった。

「どうしたのかしら、あの人」当のキリエさんは呆気にとられた様子でつぶやく。

「たぶん、キリエさんがいるからじゃない？」とぼくは言った。「こういうところに女性が来るのはマナー違反なんだよ。しかもそんな恰好をしているし」

「でも仕方ないじゃない。ここしか場所がないんだから」

キリエさんはアダルトＤＶＤに囲まれながら、しかし堂々たる様子で腰に手を当てる。胸もとの開いたキャットスーツが馬鹿みたいにきまっている。彼女自身はちっとも恥ずかしがらない。まあ、そういう性格でもないかと思った。


「カズマくん、お客さんよ」

ローカウンターのブースにひょこっと亜梨沙が顔を出した。彼女は先日からコンシエルジュを任されていて、カウンターの外にいる。案内係というわけだ。

「ぼくに？」

「正確にはあなたとわたしに。相続みたいなんだけど、案内してもいいかしら。それともまだぼんやりしていたい？」

「ぼんやりしていたい」

「案内するわね」

小さく笑って亜梨沙は待合席に行った。ぼくはひとつ息をついて、相続かと思った。かなり骨の折れる手続きだ。

相続：死亡した者と一定の親族関係にある者が財産上の権利等を継承すること。

ぼくらの時代にはない概念だ。こんな制度があると富の再分配が適切に行われないような気がする。いくら相続税がかかるとはいえ、二十一世紀の人々は不公平に思わないのだろうか。それとも、多少の不公平に眼をつむってでも、親の残したものを受け継ぎたいのだろうか。よくわからない。

亜梨沙がお客さんのふたりを連れて戻ってきた。ひとりは派手な服を着て長い髪を茶色に染め、冗談のように赤い口紅を塗っている。全体的に若づくりをしていて、かつてはきっとそれなりに言い寄る男がいたのだろうと窺えるのだが、いまとなってはそれがかえって痛々しい。もうひとりのほうは黒く重たい髪をおかっぱのようにしていて、かけている大きなべっ甲の眼鏡がひどく田舎くさく思える。スキニーのジーンズをきつそうに穿《は》いており、それはお世辞にもスタイルがよいとは言えず、また、本人もそれを自覚している感じがあった。対照的なふたりだと思った。

ひとまずふたりに座ってもらい、亜梨沙にもローカウンターに入ってもらうことにした。普段はコンシェルジュをカウンターに入れることなんてないのだが、今回はぼくら二名を指名してきたので特別だ。

カウンターの内側に回って亜梨沙がぼくのとなりに座ると、それを合図にぼくは名乗った。

「はじめましてのはずですよね」

「ええ、そうよ。あなたのことはこの人から紹介されたの」

そう言って派手なほうの女がブランドもののバッグから名刺を一枚とり出し、カウンターの上に乱暴に置いた。航さんの名刺だった。なんでも相続の手続きでわからないことがあって困っていたところ、保険屋を介して航さんを紹介されたらしい。しかしその航さんにも、そういったことは自分の担当ではないので窓口にミヤモトカズマと篠塚亜梨沙という行員がいるからふたりに相談して欲しい、きっと親身に話を聞いてくれる、と言われたので、ふたりは桜ヶ丘支店にやってきたそうだ。たぶん、金にならないと踏んでぼくらに押しつけてきたのだろう。航さんならやりそうなことだ。

名前を訊ねると、派手な女は立花直美《たちばななおみ》だと名乗った。となりのおとなしい女は純《じゅん》子《こ》といった。姉妹だそうだ。性格や身なりもそうだが、あまり似ていないなと思った。

顔立ちだって姉の直美は鼻が高いのにくらべ、妹の純子は低い。眼は純子のほうがやや大きいか。

ぼくが姉妹を見くらべているあいだ、仕事のできる亜梨沙は相続手続きの説明をしていた。まず、相続人のなかから代表相続人を決めてもらう必要がある。手続きは主に代表相続人がやってもらうことになり、相続手続きが完了すると、亡くなった方の預金はたとえ遺産分割協議などで相続人全員で均等に分けることになっていたとしても、一旦、代表相続人に全額受けとってもらうことになると。

「口座に振り込んでもらえるんですよね」

と妹の純子がメモをとりながら言った。彼女にはそれなりに知識があるようだった。その通りだと亜梨沙が伝えると、正解したのが嬉しかったのか彼女は満足そうに肯いた。しかしとなりの直美は怪訝な顔をして細い脚を組み、

「相続って役所に行って戸籍謄本とかとってこないといけないんでしょう。それも代表相続人がやるの？」

と言った。質問に答えようとする亜梨沙を制して、かわりにぼくが口を開いた。亜梨沙ばかりに任せていては悪い。

「とくにそういった決まりはありませんが、代表相続人さまがとりにいかれたほうが

いいかもしれませんね。そのほうがスムーズに済むと思います」

「ふうん」

直美は眉宇に谷をつくってしばらく考え込んだ。どうしたのだろうと思って見守っていると、彼女は考えを整理するかのようにひとりごつ。

「そうよね、考えてみればそうよ……代表相続人か……ねえ純子、わたしが代表相続人になるわ。うん、そうするべきよ。そもそも長女はわたしなんだし」

「え？　昨日は全部わたしに任せるって……」

「考えなおしたのよ。遺産が口座に振り込まれるなんて、昨日、聞いてなかったもの。あんたが勝手に使い込まないように、わたしが管理するわ」

「そんなことするわけないでしょう！」と純子が気色ばむ一方で、姉の直美は余裕に充ちた笑みを浮かべる。

「わかんないわよ。大金を手にしたら人って急に変わるもの。それにさ、たとえ手をつけなくてもあんたってとろくさいから、銀行のいいカモにされてせっかくの遺産をパアにするかも。きっとそうなるわ。決まりね。わたしが代表相続人よ」

「ちょっと」

一瞬、眼鏡の奥から顔色を窺うような視線をぼくに向け、それから純子は言葉をつづけた。

「姉さんは、手続きとか書類集めとか、そういうの苦手じゃない。飽きたからって途中で投げ出せないのよ。やっぱり、わたしが代表相続人になったほうがいいよ。それに、そもそも姉さんはここの口座を持っていないでしょう」

「持っていないといけないの？」

直美は三角につった眼をぼくに向けた。それは質問というより確認だった。彼女はみらい銀行の口座を持っていなくても代表相続人になれると本能的に確信しているらしい。知識は不足しているのかもしれないが、それを補ってあまりある勘がそなわっているようだ。

たしかにみらい銀行の口座を持っていなくてもよい。

とはいってもそれは不可能ではないというレベルの話で、受取口座は基本的にはみらい銀行の口座が推奨される。他行への振り込みだと手数料もかかるし、それにみらい銀行としても資金を流出させたくないのだから。ぼくは、直美の確認に対してどのように答えるべきか考えた。すると横から亜梨沙がぼくのかわりに言った。

「他行さまの口座に振り込むことはできますが、なるたけ当行で口座をつくっていただきたいのですけれど」

「なあんだ、やっぱりなくてもいいんじゃない」

パーマのかかった髪を払い、直美ははすはな声を立てて笑った。押しが強いというか、人の話を聞かない直美を見つめながら、ふと純子が低い声音を出した。

「どうして急に代表相続人になりたいなんて言い出したの？」

「そりゃあ、心配だからよ」

「嘘よ。お母さんのお金をひとりじめする気なんでしょう」

「あんた、怒ってるの？　馬鹿ね、冗談よ。あんたに使い込む勇気がないことくらい知っているわよ。でも、銀行のいいカモにされそうなのはほんとう。わたしが心配しているのはそこ。まあとにかく、代表相続人はわたしよ。決めたの。あんたが何を言ってもむだだから」

「相続人さま全員に遺産が分配されるまで当行は何もしませんよ」

と言うだけ言ってみたのだが、案の定ふたりの耳にぼくの言葉は届かなかった。

うつむき、表情を隠すように重たい髪を垂らして純子は黙り込む。一方の直美は、蒸し暑さを感じたのか、ロング丈の薄いピンク色のカーディガンを脱いで背もたれにかけ、不機嫌そうな眼をどこか違うところへ向けて腕を組んだ。嫌な沈黙がつづいた。ぼくはすっかり困ってしまって、とにかくにこにこと笑ってみたのだけれど、それで何かが解決するわけもなくただ無為に時間が流れる。

業を煮やしたのか、ふいに亜梨沙が口を開いた。

「ところで、亡くなられたのはどなたでしょうか」

「母です」おずおずと答えたのは純子のほうだった。

「では、ひとまず口座を凍結しましょう。通帳を拝見してもよろしいですか」

「それなんですけど、実は通帳が見つからなくて……相談しにきたのも、こういう場合どうしたらいいのか教えて欲しいからなんです」

「え、見つからない？」

いささか驚いた様子で亜梨沙が言った。「通帳がないのに、どうして被相続人さまが当行の口座をお持ちだとわかったのですか」

「ここに書いてあるんです」

純子は手提げ袋のなかからクリアファイルをとり出し、そこから一枚の便せんを抜きとってカウンターの上に置いた。拝見しますと言ってぼくと亜梨沙はその便せんに顔を寄せた。そこには、みらい銀行にお金を預けてあるだとか、遺産は姉妹で仲よく分けて欲しいだとか、葬式は簡素なものでよいだとかが箇条書きに記されてあった。姉妹の母が遺言書のつもりで書いたものだと推察できた。しかし、日付もなければ押印もない。正規の形式とはまったく異なる書きかただった。これを遺言書として預かるのはいささかむりがあるように思えた。

だが、遺言書がなくても相続は可能だ。役所で揃えてもらう書類が変わるだけで。問題は通帳がないことだった。とりあえず姉妹から被相続人である母の名前（寿子《としこ》といった）、生年月日、住所などを訊いて、それらを端末に打ち込み検索をかけてみたが該当する名義人は存在しなかった。念のため姉妹の名義で別口座が存在しないか検索しても、妹の純子が普段使っている口座しかヒットしなかった。

「どうなの？」

こらえ性がないのか、直美は明らかに苛立っていた。

「見つかりませんね。でも、すごく古い通帳だとこの端末データに反映されていないことがあるんですよ。だから、そうですね、事務センターに照会をかけて詳細に調査したほうがいいかもしれません」

「面倒くさいわね。パパッとできないの」

直美が声を荒らげるので、ぼくは頭を下げてすみませんと謝った。とにかくこういう場合は頭を下げるに限る。下手に言い返そうものなら火に油を注ぐことになるし、また、これこれこういう理由で時間がかかると説明してもなぜか同様の結果になる。

経験から学んだことだった。

口座照会の依頼書は、不機嫌そうな態度をとる直美にかわって、表面上はぼくらに対して丁寧な対応をしてくれる純子が書いてくれた。さっそく代表相続人がどっちなのかわからなくなってきた。

調査結果が届くまでに一週間ほど時間がかかることを伝え、それからまた謝った。純子は大丈夫だと言ってくれた。ぼくは感謝の言葉を述べ、待っているあいだ通帳がほんとうにないかよく自宅を調べておいて欲しいとお願いした。そして純子たち姉妹が席から立ち上がったとき、ふと何かに気づいたような顔をして亜梨沙が訊ねた。

「もしかしたら、ほかの銀行と勘違いしているのかもしれません。普段お母さまはどこの銀行をご利用でしたか」

「普段？」

ずれていた眼鏡を押し上げて純子は考え込んだ。「ちょっとわかりませんが、でも、東協名和の通帳があったような」

「ではそちらにも一度相談に行かれたほうがいいですよ。どのみちそちらも相続することになりますから」

「数千円しか入っていなかったわよ」と嘲るように直美が言った。「そんなもののためにわざわざ時間を割かないといけないの？　勝手に下ろしちゃえばいいじゃない」

そして直美はぼくを見た。明らかに敵を見るような眼だった。こういった眼を向けられることに最近は慣れてきた。経験から精神を鍛えたのではなく、単純に鈍化してしまったのだろう。銀行員とは感覚が馬鹿になるくらい日常的に敵意をなぜか向けられるものなのだ。

「少額相続の場合、手続きはとても簡単に済ませられますよ」

「簡単って言いながら、実際に手続きをすすめるとあれがいるこれがいるって口うるさく言ってくるんでしょう。知っているわよ、それくらい。ほんと、銀行って嫌よね」

吐き捨てるように言って、直美はローカウンターをあとにした。置いていかれた純子は慌ててぼくらに頭を下げ、それから姉のあとを追って小走りに立ち去った。

「嫌なんですって、銀行が」と亜梨沙が前を向いたままぽつりと言った。

「嫌われるのにも慣れてきたよ」

そしてぼくらは同時にため息をついた。

楽しい楽しい日締めの時間がやってきた。

店を閉めたあと、その日の事務処理すべてをチェックしつつ、現金過不足が起きていないか確認する至福のひとときだ。この時間が訪れると、もうみんな日締めのことしか考えられなくなる。楽しさのあまり白目をむくことだってある。魂だってときには抜ける。もちろん、楽しいからだ。そう信じ込まないとやっていられない。

とはいっても、ぼく自身は自動計算や自動チェックといった未来の技術を駆使しているので、実はそれほど苦ではない。だから余裕も生まれるし、あまりこの手の作業が得意ではない人の手伝いだってできる。

「いつもありがとう。ほんとうに助かるわ」

となりの席で、しゅんと眉を下げて亜梨沙は言った。前に事務ミスを起こしてからぼくは何かと彼女の手伝いをするようになり、いつの間にか彼女の分の日締めも半分くらいぼくが受け持つようになった。

「気にしないで。助け合いの精神だよ」

「でも、いつまでも甘えてちゃいけないわ。ねえ、よかったらオペレーションの講義をしてくれない？　かわりに営業のコツを伝授するわよ」

「教えるのは構わないけど、焦らなくていいよ。ゆっくり慣れていこう」

そして日締めは滞りなく終わった。

支店長が窓口にやってきて、恒例の成績優秀者の発表が行われる。さすがの亜梨沙もいまはコンシェルジュを担当しているので、名を呼ばれることがなかった。彼女はとても不服そうだった。

それから更衣室に行って制服を着替えていると、ふらっと航さんがやってきた。彼は自分のロッカーを開けるとスマートフォンをとり出し、なにやら上機嫌な様子でいじりはじめる。着替えようとはしなかった。

「航さんの紹介でお客さんが来ましたよ」

「ああ、来たのか」

スマートフォンを見つめたまま航さんは投げやりな口調で言う。「それで、どうだった？」

「どうって、よくわかりませんよ。被相続人の通帳がないみたいなんです」

「相続ってのはトラブルがつきものだからな。面倒になるぞ。けど、おまえはそういうのが好きだろう。おれが対応するより、よっぽどよい結果になる。まあ困ったことがあったら言えよ。相談くらいは乗ってやる」

航さんはぼくに自分の電話番号を教えると、口笛を吹きながら更衣室から出ていった。他人事《ひとごと》だと思って気楽なものだ、とほんの少し彼を恨んだ。

着替え終わるとぼくも更衣室を出て、階段を下りる。ドアの前で亜梨沙が待っていた。彼女はぼくを認めるなり、さあ、どこで勉強しましょうかと言った。かなり意気込んでいる様子だった。焦らなくていいと伝えたばかりなのに、まさか今日オペレーションの講義とやらをするはめになるとは思っておらず、ぼくはいささか面食らった。

「だめだった？」亜梨沙は笑みを引っ込め、ぼくを窺うように上眼遣いで見る。

「だめじゃないよ。驚いただけ。どこでやろうか」

「ファミレスなんてどうかしら」

何か重大なことを忘れているような気がしたけど、それが何なのか思い出せず、結局ぼくは承諾した。すると彼女はくすっと笑って、なんだか受験生みたいだねと言った。二十一世紀の受験生は学校ではなくファミレスで勉強するのか。子供の数に対して学校が足りていないのかもしれない。いずれにせよ、これは新事実だ。

外靴を履きながら、ふと思い立って立花姉妹のことを訊いてみた。

「ほんとうに通帳があると思う？」

「きっとないわ。思い違いをしているのよ。とっくの昔に解約しているのに、まだ預金していると思い込んでうちに来る人だっているじゃない。それと同じよ」

「そんな人いるかな」

「いるわよ、というか、いたわ。一度、そういうお客さんを相手にしたことがあるもの。きわめて不愉快だったわ。すでに解約していると何度説明しても全然わかってくれなくて、挙げ句の果てにはわたしを泥棒呼ばわりしたのよ。顔をタコみたいに真っ赤にして、おれの金を盗《と》ったなって。どうしてそういう発想になるのかしら。わたしが唐草模様の風呂敷《ふろしき》を背負って、ほっかむりを決め込んでいれば、まあ、泥棒だと思われても仕方がないでしょうけど、わたしはそんな典型的な泥棒スタイルをしたことなんて一度もないわ。それなのにわたしを泥棒だと疑うのは、想像力に欠けると言わざるを得ない。正しい想像ができないのは正しい思考力がないから、正しい思考力がないのは正しい教養がないから。そうよ、教養が足りないのよ。だから視野狭窄《きょうさく》に陥るのね。くっそう、言ってやるんだったな。おまえに足りないのは預金ではない、教養だって。きっとただのタコから茹《ゆ》でダコになってわたしに罵詈《ばり》雑言を浴びせることになったでしょうけど、それでもわたしの溜飲が下がることを思えば安い代償だわ」

「まあ気持ちはわかるけれど、ぼくら行員は冷静に対応しないと」

「それは無茶な注文よ、カズマくん。昨日だってね、待合席でぼんやり座っているおばあさんがいたから、営業のチャンスだと思って声をかけたのだけれど、振り向いたそのおばあさんの髪から蜘蛛《くも》が出てきたのよ。糸を垂らして、みょーんって」

「みょーん」

「みょーん」と亜梨沙も繰り返した。「そんなとき、あなたは冷静でいられる？　わたしはむりよ、理解できないもの。ねえ、わたしは銀行に来る人ってもっと理性的で、話が通じると思っていたのだけれど、どうやら違うようね。今日のあのお姉さんだって、ろくに話も聞かないで好き放題言ってくれてさ。こっちが嫌になるわ」

「直美さんはましなほうだと思うよ。少なくとも、頭に蜘蛛は飼っていなかった」

外に出ると雨が降っていた。先ほどまで降っていなかったはずなのに、なんとも間の悪い。亜梨沙は鞄から折りたたみ傘をとり出し、呆然《ぼうぜん》と曇天を眺めるぼくに言った。

「傘持っていないの？」

「来るときは降っていなかったから」

「まだ梅雨は明けていないのよ。ちゃんと持ってこないと」

「ここのところ天気がよかったからね、うっかりしていたよ」

べたつくような湿気を感じる。雨が降っているのだからもう少し気温が下がればよいのに、不愉快な蒸し暑さが蓋をされたように外にこもっている。ふと、傘をさした背の高い女が眼に入った。自転車置き場から水道管工事に打ち込む作業員に熱い視線を送っている。やがてぼくの視線に気づくと、彼女は小走りにやってくる。ああ、そうだった、とぼくは思った。キリエさんが来ると言っていたんだった。

「カズマ、奇遇ね。たまたまここを通りかかったのだけど、あなたの職場だったのね」

ひどい嘘をついてキリエさんは微笑んだ。もっとましな嘘はつけないのかと責めたい気持ちがある一方、今日はキャットスーツを着ておらず、いかにも仕事帰りのＯＬといった恰好だったので、彼女なりに気を遣ってくれたのだと理解し、また、嬉しくも思った。

「知り合い？」

ぼくとキリエさんを交互に見て、亜梨沙が訊ねる。何の準備もしていなかったら、どのようにこの場をとり繕えばよいのか頭を悩ませたことだろうが、残念、対策は完璧だ。ぼくはキリエさんに眼で合図を送る。するとキリエさんは小さく肯いて、ぼくの肩に手を置く。

「わたしはキリエ。彼のセックスフレンドよ」

「はあ？」

なぜか亜梨沙は自分の耳を疑うような表情を浮かべる。「えっと……ごめんなさい、もう一度言ってくれますか」

「だからセックスフレンド。何らあやしいところのない、二十一世紀の常識に則《のっと》った男女の美しい関係よ」

「どこが！」

　亜梨沙の白い頬がみるみるうちに紅潮する。しかし表情自体は困惑に染まっていた。なぜ性別の垣根を越えた親友を紹介してそのような反応になるのだろう。ぼくが奇妙に思っていると、亜梨沙は口をとがらせて言った。

「何の冗談なの。からかわないでよ」

「からかってなんかないさ。ぼくは真剣だよ」

「わたしもよ」とキリエさんもまじめに言う。

「こ、こいつら……」動揺しているのか亜梨沙の言葉遣いが汚くなる。「何なの、どうして堂々とそんなことが言えるの。おかしいんじゃない。もしかして、わたしに気があるようなことを言っていたのも、ゆくゆくはその人のようにわたしとも……」

「とりあえず、セックスフレンドになるところからはじめたいと思っているよ」

「とりあえずですって！　生ビールを頼む感覚でセックスフレンドにされたらたまらないわ」

「なぜそんなに怒るの？」

「怒らないほうがおかしいわよ。当分、わたしを見かけても話しかけないで」

亜梨沙は肩を怒らせて、傘もささずに駅に向かって歩いていった。とり残されたぼくは頬をかきながらキリエさんを見た。彼女も彼女できょとんとした表情のままぼくを見る。カールのかかった髪がわずかに濡れており、水滴が玉の肌に垂れている。

「もしかして、失敗した？」とキリエさんが小さな声で訊ねた。

「うーん」

ぼくは唸《うな》ることしかできなかった。


一週間と三日たったある日、立花姉妹が自宅に届いた照会結果を持って桜ヶ丘支店にやってきた。彼女らは亡くなった母の自宅をくまなく探したらしいのだが結局通帳は見つからず、ほかの銀行に当たっても、前に姉の直美が言っていた数千円しか預け入れされていない、おそらくは生活費の支払いに使っていたであろう東協名和銀行の口座しかなかったそうだ。むろんそれが遺書というかメモ書きに記されていた《姉妹で仲よく分けて欲しい》口座とは到底思えないので、となればやはりメモ書きにあった通りにみらい銀行に預けてあると考えるのが自然なのだが、照会結果はその期待を裏切るものだった。

「遺産はどこに行ったんですか！」

妹の純子が、母親名義の口座は見つからなかったと書かれた照会結果をカウンターにたたきつけ、ヒステリックな声を上げた。黒いボーダーのロングTシャツの上に薄手のパーカーを着て、きつそうなジーンズを穿いている。前に店に来たときとまったく同じ服装だ。化粧だって何の変化もない。だが見てくれが変わっていないだけで内心には大きな変化があったらしく、周囲を窺うような眼つきは敵を見るときの眼に変わり、声には険がある。

その一方で直美は、何も言わずにただ黙って座っていた。ブランドの服を着て、ゴールドの大きなイヤリングをつけているところや多少厚く見えるが化粧に手抜きのないところなど、以前に店に来たときと同様派手な恰好をしているが、その落ち着きようからは前と違った印象をぼくに与えた。てっきり声を荒らげるのは直美のほうだと思っていた。

ぼくは視線を純子に戻して訊ねる。

「他行でも照会はかけられましたか」

「もちろん。みらい銀行と違って東協名和は三日くらいで結果が出ましたよ」ため息のような、やや倦んだ声で答えてから、純子はハンドタオルで額の汗を拭った。「ここ、じめじめしてて暑いですね。東協名和はもっと快適でしたよ。仕事も遅いし、客のことを見下しているんでしょう」

たしかに窓口フロアは蒸し暑い。いまだ明けぬ梅雨のじめっとした空気と熱気がフロアにこもっている。それもこれもクールビズとかいうエコ運動のせいだ。ジャケットやネクタイを着用しなくてよくなったものの、冷房は二十八度に固定されそれがかえって暑苦しさを生んでおり、ちっともクールな心地にならない。お客さんのなかには純子のように汗をかく人だっている。もっと温度を下げるべきだ。ぼくに限らずほかの行員だってきっとそう思っている。しかし本社から、冷房の温度は必ず二十八度にするよう指示文書が各店舗に出されているため、現場の判断で勝手に温度を変えることができないのだ。もっともその本社ですら環境省からの要請を受けて指示文書を出しているに過ぎないので、もとをたどっていけば政府が悪いということになるのだが、こんなに蒸し暑いのは政府のせいなんですと純子に言ってもまず間違いなく理解してもらえないだろう。というか、ぼくの頭が暑さにやられてどうかしてしまったと思われかねない。それによその銀行はもっと涼しいみたいだから馬鹿みたいに政府からの要請を遵守するみらい銀行にもやっぱり責任はあるのだろう。だいたい、わがみらい銀行はお役所体質なのだ。これはきわめてよくない。うちと同じく大手と目される東協名和銀行は、実態はよく知らないけれど外から見ている限りは柔軟で、顧客のニーズや時代の流れを正確に把握していて、室温だって二十八度ではなく二十六度にしているに違いないのだ。この二度の差が致命的な差だ。みらい銀行の経営陣はよく理解しないといけない。さもなければ銀行が社会からなくなるよりも先に、みらい銀行は東協名和銀行に吸収されて舞台から下りることになるだろうとぼくは確信を深めたが、となりで頭を下げている亜梨沙を見ていまはそんな確信なぞどうでもよいのだと悟った。

「それで、どうしたらいいのよ」

黙っていた直美が急に口を開いた。亜梨沙は眉を八の字にして、申し訳なさそうに告げる。

「口座が見つからない以上、当行といたしましてはどうすることもできません。お母さまの思い違いだったのではありませんか」

「でもメモに書いてあります！」

今日はとことんやると決めたのか、純子は一歩も引かなかった。ぼくたちの仕事を責め、どうにかしろと強要する。とはいえど、口座が見つからなかったということはお金を預かっていないということなので、預かっていないものをどうにかすることなどできはしない。

ぼくはふと亜梨沙を眺めた。

亜梨沙はあれ以来まともに口を利いてくれない。表面上はいつもの通りなのだけれど、話しかけても無視されるし、日締めだってぼくを頼らずにひとりでするようになった。やっぱり最初は作業を停滞させ、周りから顰蹙を買った。しかしそれでも彼女はひとりで格闘しつづけ、一昨日くらいからコツをつかんだのかスムーズに日締めを終わらせられるようになった。ぼくは同期の成長を嬉しく思う一方で、なんだか少しさみしかった。ぼくと亜梨沙を結んでいたひとつの特別な糸が切れたように思えたのだ。たぶん、あと三本くらい切れるとぼくたちは他人になってしまう。そんな気がした。しかしなぜ彼女が怒っているのかよくわからないし、そんなふうに理不尽な怒りをぶつけられたらぼくだっていい気はしない。そっちがその気ならこっちだってと変な意地を張り、ぼくは彼女を避けるようになってしまった。改めて考えてみてもくだらないことだし、彼女との関係が破綻してしまうと任務を遂行できないから急いで関係の修復にとりかからなくてはならないと思うのだけれど、同時にこんな予感も抱いている。すなわち、こういう打算的な思惑にそもそもむりがあるのかもしれないと。

「打つ手がないのね？」

直美の色のない瞳がぼくに向けられる。何を考えているのかよくわからない瞳だった。

「いえ、そういうわけでは……」とぼくが口ごもると、直美は小さく笑って首を振った。

「べつに責めているわけじゃないの。そもそも、あなたに怒ったって仕方のないことなんだから。あきらめるわ。遺産なんてなかった。そういうことにしましょう。母も年だったからね、きっとぼけていたのよ」

あまりの潔さにぼくは面食らってしまった。遺産をあきらめる？　二十一世紀人がこんなにも簡単に金銭をあきらめることができるのか。ぼくはいままでの仮説が覆されたように思った。しかし純子は疑いの眼を自分の姉に向ける。

「ねえ、もしかして姉さんが使い込んだんじゃない？」

疑惑を向けられた直美はしばらく唖然《あぜん》とした様子で妹を見つめたあと、にわかに表情をかたくした。

「……あんた、本気なの？」

「だって、変じゃない。急に代表相続人になるだとか言って……そんなの姉さんの性格じゃあり得ないのに」

「長女として当然でしょう」

「家を捨てておいてよくそんなことが言えるわね。母さんが入院して、急にこっちに帰ってきてかいがいしく世話をしたのだってどうせ遺産目当てだったんでしょう。いまさら何が長女よ。あんたなんかわたしの姉じゃない」

「純子！」

その瞬間、乾いた音が響いた。直美が純子をぶったのだ。ローカウンターだけでなくフロア全体が時が止まったように静寂に包まれ、待合席の客が何ごとかと眼を丸くしてこちらを凝視する。純子は自分の頬に手を当て眼をぱちくりさせていたがやがて自分が何をされたのか理解したらしく、おもむろに席から立ち上がると直美の痩せた肩をつかんでブースのついたてに勢いよく押しつけた。

「遺産がないのは姉さんが使い込んだからよ。それを隠すために、代表相続人になったんでしょう！」

純子は金切り声を上げ、何度も直美をついたてに打ちつけた。待合席から悲鳴が上がり、フロアは騒然となる。ぼくは慌てて純子の腕をつかんだが、暴れられて手を振り払われてしまう。落ち着いてと言っても純子は言うことを聞かず、それどころか直美も応戦をはじめてしまう。

ぼくも亜梨沙もどうしたらよいのかわからず、眼の前で行われる本格的な姉妹喧嘩をただ眺めた。そうこうしているうちに警備員が駆けつけ、姉妹を強引にとり押さえた。後ろからぼくの上司にあたる浅沼課長があらわれ、警備員に姉妹を別室に案内するようカウンター越しに伝える。肯いて警備員が姉妹を連れてゆくと、浅沼課長はそのつやつやとした童顔に苦々しさを滲ませ、あとはぼくが対応するよと言った。そして課長は別室に向かった。

「大変なことになってしまったね」

ぼくは苦笑いを浮かべて亜梨沙に言った。しかし彼女は、

「あなたの私生活のほうが大変よ」

と冷たく言い放ち、さっさとカウンターから出ていった。そして待合席に向かい、お客さんに状況を説明して頭を下げて回る。

なんだか疲れてしまったぼくはぐったりと椅子に座り、うまくいかないなと心で思った。あの姉妹はこれからどうなってしまうのだろう。こんな騒ぎを起こしてしまったのだから、今後は入店を拒否することになるかもしれない。ほかの店に行ったとこ

ろで問題を起こしたやっかいな顧客という情報は共有されるので、いくら彼女たちがメモ書きを見せて遺産はどこかにあると主張しても、もう誰もまともには聞いてくれないだろう。ほんとうにどこかにあっても、その真相に迫る者はいなくなるのだ。

呼び出しボタンを押す。すると番号札を持った客が亜梨沙の案内に従ってぼくのブースにやってくる。亜梨沙は意識的にぼくのほうへ顔を向けないようにしているようだった。ほんとうにうまくいかない。ため息をつくと、眼の前の客が不思議そうな顔をした。ぼくは笑顔をとり繕って、いらっしゃいませと言った。遠くで雨の音がした。

雨戸は開けられていたが夜のように暗い。

電車の騒音が家のなかに響く。

ぼくは立ち上がって窓へ向かい、それから雨戸を閉めた。わずかに騒音が和らいだが、室内は一層暗くなった。ぼくは電気をつけた。無機質な灯りが狭いぼくの空間を照らす。なんだか気が滅入《めい》ってくる。

カレンダーを見た。今日は土曜で、仕事は休みだった。ぼくはどこかに行きたくなって、手早く顔を洗い、それから適当に着替えてショルダーバッグを下げ、ビニール傘を片手に家から出た。

リョータの働くレンタルビデオ店に行った。彼は忙しそうにしていてちょっとしか話ができなかった。あれから代表協会は何も言ってこないのかと訊くと、彼は何も言ってこないと答えた。そして、むりばかりさせてすまないなと申し訳なさそうに言った。平気だよとぼくは強がった。

レンタルビデオ店から出ると、偶然にもキリエさんと鉢合わせする。リョータはいま忙しいみたいだから日を改めたほうがいいと伝えると、彼女はじゃあちょっと話しましょうと言った。断る理由がなかったので、ぼくはいいよと同意した。どこか落ち着いて話せる店に入ろうと提案したが、それだとあやしまれるとキリエさんが言ったので、ぼくたちは当てもなくふらふらと街中を歩きながら話すことにした。

街には肌にまとわりつくような、不快な湿度が充満している。雨がしとしとと降っていて、あたりは薄暗い。気が晴れないのはこの天気のせいだ。未来でも雨はあった。年に数回、イベントとして人工的に降らせていた。未来の都市はすべて地下にあるからだ。そういうわけで、こんなにも連続して降るのはぼくにとってはじめての経験になるのだけれど、これで今年の梅雨は雨が少ないらしいのだから、来年のことを思うと気が重くなる。もっとも、来年もぼくが二十一世紀にいればの話だが。

「ところで、対象者とはどうなったの？」とキリエさんが訊ねる。傘が当たるのでぼくたちは少し離れて歩いていた。

「まずいことになったよ。ネットで調べたんだけど、実はセックスフレンドって……」

「なに？」

「いや、いい」とぼくはごまかした。

「とにかく責任を感じるわ。何か手伝って欲しいことがあったら遠慮なく言って」

「そうだね、何も手伝わないことをお願いしたい」

「生意気なことを言って」キリエさんは大人っぽく笑った。「ねえ、ちょっと訊いてもいいかしら」

「うん」

「人間の行動は最善によって決定づけられている。一切はサイコロの入る余地を許さず、また、因果はもとの状態に戻ろうとする性質がある」

「そう。だから、ぼくたちがこの時代でこの時代の人間として暮らそうとも、その程度では歴史という大きな物語に変化は生まれない。蝶《ちょう》の羽ばたきで竜巻は引き起こされない。未来は変わらない、らしい。専門分野じゃないから詳しくは知らないんだけど」

「わたしもよくわかっていないわ。だからなのかもしれないけど、疑問に思うことがあるのよ」

「それは？」

「一定の範囲内であれば未来に変化はないというけど、わたしたちが極端な行動に出れば未来は変化せざるを得ないわよね。対象者と親密な関係を築くこと、つまり、あなたと彼女が男女の関係になった場合、それは一定の範囲内に収まることなの？　というか、そもそもわたしたちの調査はほんとうに未来に変化を与えていないのかしら」

「協会がそうしろと言ってきたのだから、大丈夫なんじゃないの」

「そうは思えない。何か隠しているような気がするわ」

ぼくははたと立ち止まる。キリエさんも立ち止まった。ぼくたちは無言で見つめ合う。雨の音がやけに響いて聞こえた。しかし急にキリエさんは笑って、首を振った。

「世のなかには知らなくていいことがあるものね。秘密は秘密のままに……もうこの話題は口にしないわ。ごめんね」

そう言ってキリエさんは歩き出した。ぼくは彼女のあとを追うことがどうしてかできず、ひとりぽつねんと突っ立っていた。

そういえば、あれからどうなったのだろう。

あの姉妹のことをふと思い出したぼくは自動保存された視覚データを漁《あさ》り、死亡した母親の自宅情報を見つけ出した。姉妹は同居していないようだ。しかし遺品の整理などで家に訪れているかもしれない。あの大喧嘩のあとどうなったのか気になるし、また、遺産のことだって何も解決していない。行くだけ行ってみよう。

さっそくぼくはバスに乗って向かった。普通は様子を窺いに窓口行員が顧客宅を訪問することなどないのだが、前に融資先へ通いつめたこともあってぼくには特段抵抗がなかった。いい意味でも悪い意味でも麻痺《まひ》していたのだ。

バスを降り、視覚に地図を表示させながら二十分ほど歩き、目的の団地にたどり着いた。外壁には黒ずんだ汚れが目立ち、造りは古い。ベランダの柵は赤茶色に錆《さ》びていた。真っ暗な階段を上がって、三〇二号室の呼び鈴を鳴らす。出てきたのは妹の純子だった。服装はやはり同じだった。薄い生地のパーカーの前を開け、そこからボーダー柄のロングTシャツを見せていて、スキニーのジーンズは相変わらず窮屈そうである。いい加減、それしか持っていないのかと言いたくなったが、ぐっとこらえた。ぼくが彼女の友人であったのならきっと言っていた。しかし残念なことにぼくらの関係は友情の金糸で結ばれたものではない。ぼくは営業用の笑みを浮かべ、様子が気になったのでやってきましたと言った。何かお困りではありませんかと。すると純子は眼鏡の奥の瞳を一瞬さまよわせて迷いを見せたが、

「どうぞ、上がってください。雨のなかせっかく来ていただいたわけですから」

と言ってぼくを家に招いてくれた。

玄関とダイニングルームがくっついた間どりだった。廊下などはなく、奥には暖簾《のれん》がかけられていて洗面所を見えないようにしていた。部屋はふたつある。ふすまが開けられていて、なかの様子が見えた。段ボールがいくつかあったが、そこには何も入っておらず、また、部屋を整理した形跡もない。

「何から手をつけたらいいのかわからなくて、そのままなんです。今月中には引き払わないといけないのに」

不躾《ぶしつけ》なぼくの視線を咎《とが》めることなく純子はそう言った。ぼくは線香をあげたいと申し出たのだが、仏壇はないとのことだった。

「ゆくゆくはちゃんと用意してあげないと」

　少しさみしそうな顔つきで純子は部屋のなかに入り、ぐるっと眺めた。簞笥《たんす》に置かれた写真立ての上で彼女の視線が止まると、何気ない様子で近づいてそれを手にとった。ぼくも彼女のとなりに立って写真を眺める。生前の母親と幼い頃の姉妹が写っていた。はにかんだ純子の横で直美がなんだかよくわからないポーズをとっていて、ふたりの肩を母の寿子がやさしく抱き込んでいる。

　そっと写真に触れ、純子が小さな声で言った。

「わたしが生まれてすぐに、父が亡くなったんです。それから女手ひとつでわたしたちを育ててくれて」

「いいお母さんだったんですね」

「そう思います。わたしたちの面倒を見ながら夜遅くまで働いて……いまの自分にそれができるかと訊かれたら、きっとできないって答えるでしょうね。それくらい大変なことを母は愚痴ひとつこぼさずにしていた。まあ欲しいものは全然買ってもらえなかったし、おしゃれだってできなくて、ああ、わたしのこと、見た目に気を遣わない女だと思っていますよね。たぶん、我慢するのが癖になっているんです。もちろんわたしだってもっとかわいい服を着たり、高価なバッグを持ったりしたいとは思いますよ。でも、我慢しちゃうんです。ろくに自分のためにお金を使わない母を見て育つと、やっぱりこうなっちゃうんです」

「お姉さんは？」

「姉は違います。我慢なんてできないんです。今日だって遺産のことをちゃんと話し合おうって約束していたのにどこかに行ってしまうし……どうせ遊んでいるんですよ。そういうお友達がいっぱいいるみたいですから」

「けれど、代表相続人としてやるべきことはやっているんでしょう」

「ひとりで勝手にね。わたしには何もやらせようとしないんです。あやしいですよ」

純子は写真立てをもとの場所に置いた。ぼんやりと写真立てのガラスに純子の野暮ったい姿が映る。

「わたしもこの街を出ればよかった」

聞き逃しそうになるほど小さな声でつぶやいてから、純子ははっとぼくを見た。ぼくは彼女を見つめ、どういう意味なのか眼で訊ねた。すると彼女はため息のような笑みを見せた。

「姉は高校を卒業するとこの街から出ていったんですよ、芸能事務所にスカウトされて。まあ一度もテレビに出られなかったんですけどね。ショッピングモールのイベントとかリニューアルしたパチンコ店とか、そういうところには出ていたみたいです。

若い頃はこのあたりでは美人で有名だったんですけど、芸能界にはそのレベルのタレントがごろごろいるみたいで、仕事も新人に奪われていって結局辞めちゃったんです。よくある話ですよ。若い頃におだてられて勘違いしたまま大海に出て身の程を知る。けどそれを認められず未練がましく都心に残って、自分はほんとうは特別なんだと言い聞かせている。知っていますか、いま姉は水商売をしているんです。笑っちゃいますよね」

「いや、そんなことは」とぼくは本心から否定したのに、純子には信じてもらえなかった。

「嘘ですよ。みんな、口ではそう言っても、本心は違うんです。あいつは馬鹿なことをしたって、普通に暮らしていたらみじめな思いをしないで済んだのにって、心のなかで嘲笑《あざわら》っているんです」

「みんなって？」

「みんなはみんなです」と純子は苛立たしげに眉をつり上げた。

「つまり、あなたのこと？」

「まさか。そんなことありませんよ。だってわたし、姉のことがうらやましかったんだから」

純子はダイニングテーブルのほうに眼をやってから、座って話しませんかと言った。ぼくは同意してダイニングルームに戻り、木製の椅子に座った。クッションはぺしゃんこで、気持ち程度にしか臀部《でんぶ》を守ってくれなかった。純子は台所に立って紅茶の準備をはじめた。

「この街って中途半端だと思いませんか」

やかんに水を入れながら純子が言う。「中途半端？」とぼくは彼女の背に向かって訊き返した。

「ええ。たしかに駅前は結構栄えているし、流行りのセレクトショップだってありまず。家電量販店だって、大型スーパーだって。でも、置いているものがどれも洗練されていないんですよ。ひとつレベルが落ちるんです」

「べつにいいじゃないですか。生活に困るわけでもあるまいし」

「生活に困るレベルならかえって諦めがつくと思うんです。変に期待を持たせるから中途半端なんですよ。だから嫌なんです。ずっとこの街を出たいと思っていました。けど、わたしは我慢した。この街の高校を出て、この街でつまらない事務の仕事をして、わたし自身がこの街の風景のひとつになる。家もね、職場により近い、この母の家から少し離れたところに住んでいるんですけど、そこがわたしの限界なんです」

「何の限界？」

「さあ、何でしょう。よくわかりませんけど、そこで限界を感じるんです。見えない壁にぶつかるような。駅前に行くのだって、実はちょっと気合いを入れないといけないんです。まあだからといって、特別おしゃれをするわけではありませんけど」

「水が溢れていますよ」

と注意すると慌てて純子は蛇口を閉めた。それから彼女はごまかすように笑い、やかんをコンロに置いて火にかけた。急に沈黙が訪れ、手持ちぶさたになる。なんとなく彼女の話を思い返しているうちに、トダの顔がふと脳裏によぎった。

「以前にぼくが住んでいたところも、きわめて自己完結的な世界でした。ぼくたちはやるべきことが明瞭に示されていたので、とくに思い悩んだりしなかった。けれどある日、ちょっとしたアクシデントがあって、いえ、ちょっとしたじゃないな、大変なことがあったんです。そのせいで大切な友人がいなくなって、ぼくはなんだか自分がその世界から放り出されたような気がしたんです。部屋のひろさを実感して、二段ベッドの上で横になって、自分がひとりだと自覚したとき、ぼくはたしかに世界が崩れる音を聞いたんです。でもね純子さん、それは世界がひろがったとか新たな世界が生まれたとかそういう類いの話じゃなくて、もっと内観的でかつ私的なものでした。つまり、ぼくはそのときはじめて一個の人間としてのぼくを知ったんです。ぼくたちは世界の内部にいるのではなく、世界にかたちづくられてそれとはべつに存在している。あなたが限界だと感じるのは、あなたが限界をつくっているからにほかならない」

ダイニングテーブルの上に淹れたての紅茶を並べて、純子はぼくの顔を見た。それからずれていた眼鏡を指で押し上げ、おずおずと言う。

「たぶんアドバイスをしてくれているんでしょうけど、ごめんなさい、なんだか難しくてわたしにはよくわかりません」

「ぼくもそうです。自分で言っておきながら、よくわかってはいないんです。わかりたいとは思っていますけど」とぼくは笑った。

そして。

ぼくらは紅茶を飲みながらこれからについて話し合った。この前の、純子いわく突発的な行動によって別室に連れていかれた姉妹は、口座が見つからないのならもう何もできない、亡くなった母寿子の勘違いだったのではないか、と対応した浅沼課長から言われたそうだが、どうにも純子は納得できていない様子だった。とにかくもう一度よく探してみようとぼくは言った。株券のような定期預金証書と呼ばれるものを通帳かわりに発行していた時代があった。遺産は実はその証書に預け入れられているのではないか。今度は通帳ではなく証書を探そうと。

「でも口座は見つからなかったって」

「昔の、それこそ古い証書だと、データとリンクしていないケースがごくまれにあるんです。まあたしかに可能性としてはきわめて低いのですが、探すだけ探してみましょうよ」

純子はぼくの提案を受けいれ、ふたりで家中をくまなく調べることにした。先ほどの写真立てのあった部屋に入り、タンスを開けてなかの衣服をとり出し、どこかに証書が紛れ込んでいないか眼を皿のようにして探す。しかし、それらしいものは見つからなかった。

「前に探したときもこんな感じでした。やっぱりないのかも」

「あっちの部屋はどうなんです」とぼくは、まだ足を踏み入れていないもうひとつの部屋が気になって訊ねた。

「ああ、向こうの部屋は、姉が寝起きに使っているんです。散らかっているかも」

「直美さんはこの家に住んでいるんですか」

「母が入院したときにこっちに戻ってきて、それからずっと。でも一段落ついたら、もとの家に帰ると思います」

ふうんと肯いてからぼくは提案した。

「二手に分かれましょう。純子さんは引きつづきこの部屋を。ぼくは向こうの部屋を調べます。そのほうが効率がいい」

「探すのは構いませんけど、あとでちゃんともとに戻してくださいね。怒るんですよ、勝手に触ると」

「気をつけます」

ぼくはダイニングに戻ってから直美が寝泊まりしている部屋に入った。テレビがあって小さな棚がある。布団は押し入れにしまわれていなかったが、きちんとたたまれている。直美のものと思われる高そうなバッグがいくつか無造作に放り出されていた。背後を振り返り純子がついてきていないか確認し、それから探査機能を起動させた。べつに起動させたからといって音が鳴るわけでも光るわけでもない。イメージした対象あるいはそれに類似するものを視界情報から質量分析し、発見すればぼくの網膜デバイスにその場所を赤く囲って知らせるだけなので、他人の眼にはただ立ち尽くしているようにしか見えない。とはいえど、それまでぼんやり立ち尽くしていた人間が急に動き出して、しかも的確に探しものを見つけ出したとなれば変に思われるだろう。それをごまかすためには無意味にほかの場所を探したりとか、あるはずのないエアコンのなかをあえて覗いたりとかしないといけないわけで、はっきり言ってそんなのは煩わしいだけだからぼくは純子の眼の届かない場所でひとりで調べる必要があったのだ。用心するに越したことはない。

周囲を見回すのと同時に分析がはじまる。ほんとうのことを言うとまったく期待していなかったのだが、分析が終わると思いがけず赤丸が表示される。よろこびというより驚き、あるいは戸惑いを感じた。ぼくは念のために後ろを振り返り、純子がいないことを確認してから、どういうことなのかと頬をかいて思案をめぐらせた。証書らしきものは直美のバッグのなかに入っていたのだ。

実はとっくの前に母親の遺産を見つけていた？　しかもそれを妹に伝えず、自分のバッグに入れていた？　何のために？　遺産をひとり占めするため？　様々な疑問が渦巻いた。ぼくはバッグのなかを調べてみた。証書が二、三十枚だろうか、とにかく結構な枚数が輪ゴムで束ねられ、無造作に入れられている。おそるおそるとり出して内容を確認した。金二十万円也《えんなり》、とすべてに手書きで記されていたが、みらい銀行がかつて発行していた証書とは形式が違う。利率もにわかには信じがたいほど高く、さらに普通なら書かれているはずの定期預金という文言すらない。これが何の証書なのかわからなくするため、意図して書かなかったのか。もしそうなら、犯罪の可能性がきわめて高いのだが、そのくせ「みらい銀行高幡《たかはた》支店　大前潔《おおまえきよし》」としっかり署名してある。よくよく見ると、「みらい銀行高幡支店」という文字と「大前潔」という文字で筆跡が異なっており、個人名が枠からはみ出して書かれている。いかにもあとからつけ足したような感じだ。ぼくはひとまず画像データとして記憶し、それから直美のバッグに戻してダイニングに出た。

「何か見つかりました？」と純子がタンスを漁りながら言った。

「いいえ、何も」とぼくは答えた。

純子に別れを告げて家をあとにすると、ぼくは団地の一階まで下りた。雨が延々と降っていて、そこいらに水たまりができていた。階段に腰かけ、直美が帰ってくるまでここで待とうと思った。

二十分くらいぼうっとしていた。なんだかこのまま無為に時間をつぶすのはもったいないような気がして、ショルダーバッグから携帯電話をとり出し、このあいだ教えてもらった番号にかけた。航さんの電話番号だ。一度目は出なかった。しかし二度、三度としつこくかけていると、ようやく航さんは電話に出た。彼は明らかに不機嫌そうだったが、そんなのお構いなしに見つけた証書のことを話した。画像データを呼び起こし、そこに書かれていることをすべて伝える。すると彼はやられたなと言った。

「よくある犯罪の手口さ。利率のいい特別な定期があると持ちかけて、客から金を騙しとるんだ。はは、面倒なことに巻き込まれたな」

「あなたのせいでね。ところで、支店名と個人名の筆跡が違うんですけど、これは何かのテクニックなんですか。違う筆跡にすれば、何かの際に都合がよいとか」

「そんなのは聞いたことがないな。単純に違う人間が書いたんだろう」

「共犯がいる？」

「さあな。現物を見ないと何とも言えん。あとで見せろよ」と航さんは好奇心をあらわに言った。ぼくは苦笑いをしてしまう。

「ええ、まあ、今度見せますよ。それで、航さんは大前潔という人を知っていますか。高幡支店の行員みたいなんですが」

「行員というか、前の支店長だよ。証書を交付した当時も支店長だったのかはわからないが、そうか、大前さんが犯人なのか。高幡支店は桜ヶ丘支店と近いからな、何度か話したことがある。とても犯罪に手を染めるような人には見えなかったんだが、まあ人は見かけによらないものだからな」

「店に行けば会えますかね」

「むりだ」航さんはややかたい声で言った。「大前さんは二年くらい前に依願退職したはずだ。もうみらい銀行の人間じゃない。なあミヤモト、客に深入りするのはおまえらしいが、悪いことは言わない、今回ばかりはやめておけ。さっさと本社に通報しろ。まあ話を聞く限り、これは部内犯罪ではなく個人間の貸借だと結論づけて、銀行は何もしないだろうがな」

「何もしないなんて変じゃないですか。寿子さん、つまり死亡した被相続人のことですが、彼女が定期預金のつもりでお金を大前に渡していたとしたら、それはどう考えても犯罪です。横領だ」

「それを客観的に証明できるのか。証書からわかることは、大前潔と被相続人とのあいだで金銭のやりとりがあったことだけだろう」

「変ですよ」

「だが、いまのおまえにはどうすることもできない。意地を張って藪《やぶ》をつついてもろくなことにならないぞ。変だと思うのなら、おまえが本社に帰ったときに問題提起して、こんなことがもう起きないようにしてくれ」

「つまりぼくには何もするなと？」

「何もするなとは言わない。通報窓口に一報を入れろ。もしくは上司に報告しろ。浅沼課長に。粛々と正規の手順通りに対応するんだ。同情する気持ちはわかるが、犯罪の可能性のある案件に肩入れするな。おまえのためにならないぜ」

「けれど銀行は何もしないんでしょう。それでは意味がない」

ぼくは電話を切って大きくため息をついた。それから携帯電話の電話帳を開いて、カーソルを下げてゆく。篠塚亜梨沙のところで手が止まった。亜梨沙ならこんなときは何て言うだろう。また、どんな行動をとるだろう。ぼくは亜梨沙の不在を強く感じた。わけのわからないほど彼女の声が聞きたくなった。そしてぼくは発作的に彼女に電話をかけ、長いコール音を聞きながら何を言おうか考えた。最近、きみがまったく話してくれないのでつらい。またきみの要領の得ない話を聞いて、きみの苦手な日締めを手伝って、ときどき喧嘩をして、そうやって一緒に仕事をしたい。きみがいないと張り合いがなくて、なんだかとてもつまらないんだ。

しかし留守番電話につながり、亜梨沙が電話に出ることはなかった。休日はみんな同僚からの電話に出たがらないのだ。ぼくはメッセージを残さずに電話を切った。

それから四十分ほどたって直美が帰ってきた。彼女は階段に座るぼくを認めるなりぎょっとした顔になった。ぼくは立ち上がって頭を下げる。すると彼女は傘をたたんで郵便受けのなかを覗いてから、忌まわしそうに肩の雨粒を払った。

「妹さんと一緒に証書を探していたんです」

とぼくが切り出すと、直美はため息をついて、「見たのね」と言った。ぼくはちょっと感心してしまった。

「勘が鋭い」

「ほかにひとりで、しかもこんなところでわたしを待つ理由がないからよ」

「なるほど。この前店に来たとき、態度がおかしかったのも、あの証書を見つけたせいだったんですね。普通は遺産をあきらめるなんて言わない」

「ええ、そうよ。それで、妹には内緒にしてくれているんでしょう？　勝手に他人のバッグを漁るのは感心しないけど、秘密を守ってくれたことには感謝するわ」

「隠さなければならない理由がきっとあるんですよね」

直美は何も言わずに自分のバッグを開けた。前に桜ヶ丘支店にきたときに持っていたバッグとは違う。そのまた前に来たときに持っていたのとも違う。はじめて見る革製の、それなりに大きなバッグだった。いったい何個持っているのだろうと疑問に思ったが口にはしなかった。彼女はバッグのなかからクリアファイルをとり出した。戸籍謄本などの書類がまとめられている。ふと、母の遺書を同じようにクリアファイルに入れていた純子を思い出し、こういうところは姉妹で似るのだなと思った。

書類を確認してから、直美はクリアファイルごとぼくに押しつけ、見ていいわよと言った。あまりにも真剣な顔つきだった。ぼくはクリアファイルから書類を抜きとると、一枚一枚時間をかけてそこに書かれてある内容を読み、そして秘密を知った。

「半分、血がつながっていないのよ、わたしたち。大前潔は妹のほんとうの父親」

はっと顔を上げ、ぼくは直美を凝視した。大前が純子の父親だって？　思いがけない事実にぼくは動揺してしまい、返す言葉を失った。そんなふうに絶句するぼくを見て、直美は今日の天気のような笑みを浮かべる。

「わたしが二、三歳の頃だったかな、まあその頃に、わたしの父は死んだの。事故死だったらしいわ。わたしも小さかったからね、父のことはよく憶えていないのよ。あなたと同じ銀行員だったみたいだけど、そんな印象もない。わたしが憶えているのは、憔悴《しょうすい》した母の姿だけ。ひどく弱っていたわ。母も死んでしまうんじゃないのかって子供ながらに心配したものよ」

「そんな寿子さんを支えたのが大前？」

「そう。大前は同じ職場の先輩行員で、ちょくちょく父に連れられて家に来ていたのよ。わたしたちは顔見知りだった。それで、ひとり身になった母を心配して何かと世話を焼いてくれたの。わたしにもクリスマスプレゼントをくれたことがあったわ。まあ、父の死によってぽっかりと空いた隙間を大前が埋めて、わたしたちは家族に近い状態になったわけ。ふたりが男女の関係になるのは自然のなりゆきだったわ」

「どうして再婚しなかったのですか」

「きっと遊びだったのよ。大前はひとり身だったのに、母が妊娠すると、何の責任もとらずに姿を消したわ。最低の男よ。そして、そんな男を好きになった母も」

と直美は嘲笑ったが、すぐその表情にかげが落ちる。「気持ちが自分の思い通りになるなら、誰も苦労しないんでしょうけど」

「なぜ純子さんに黙っているんですか。ほんとうのことを話したほうがいい」

「ほんとうのことなんて、知らないほうがいいことばかりよ」

「そうかな」

「じゃあ、すっかり話してしまう？　いままで黙っていたけれど、あんたは母をもてあそんで捨てた男の子供なんだって。遺産を騙しとったのはあんたの父親だって。ねえ、いまどきあの証書がほんものかどうかなんてネットで調べればすぐわかるのよ。

あれはみらい銀行が過去に発行したものと違う。となれば、詐欺にあったとしか考えられない」

「たしかにあの証書は大前が個人的につくった可能性が高い。ですが、まだ詐欺だと決まったわけでは……」

「決まっているわ。あの人は母さんを騙したのよ」

吐き捨てるように直美は言って、茶色い髪をかき上げた。この人は大前のことを相当嫌っているのだなと思った。少なくとも、信用はしていない。ぼくは彼女を見つめたまま訊ねた。

「それで、どうするつもりなんですか」

「どうする？　べつに、どうもしないわ。金が欲しいのならくれてやる。手切れ金かわりよ。わたしは大前とかかわりたくないの」

「しかしそれでは何も解決しない」

「解決？　じゃあ訊くけど、いったい何がどうなれば、それは解決したことになるの？」

ぼくは出かかった言葉を呑み込んで考えた。解決。安易に口にしてしまったが、たしかに解決とはいったい何をさして言うのだろう。警察に届け出る？　そして真実を司法のもとに明らかにする？　一般論で言えばそうするべきだと思う。しかし警察だってみらい銀行の本社同様これを詐欺と認識するか甚だ疑問だ。ろくに捜査もされず、隠してきた真実だけが明らかになる。当然、純子の耳にも自分の生まれの秘密が届くことになる。いまですら危うい状態にある姉妹の関係は、もしかしたら完全に崩壊してしまうかもしれない。そんな彼女らを尻目に、だが真実が明らかになった、これで一件落着、などと言うことがいったい誰にできるだろう。

「知らないほうがいいのよ。母もずっと悩んでいたけど、最期まで秘密を守った。言わない選択をしたのよ。わたしはその母の遺志を引き継ぎたい」

直美はぼくの横を通り、薄暗い階段を上ってゆく。ぼくは彼女の背に訊ねた。

「あなたは純子さんのことをどう思っているんですか」

「ほんとうの妹だと思っているわ」と振り返ることなく彼女は言った。

すっかり暗くなって街にネオンが灯る。その青や赤の光は雨に滲んでいた。またひろい道路は水鏡のようになっていて街をぼんやりと映している。

ぼくは桜ヶ丘支店にやってきていた。休日に自分の職場を、しかも外から眺めるのは、なんだか新鮮な感じがする。威圧的な外観からも、化粧を変えたかのような微妙な違いを感じとった。

傘に雨粒がいくつも当たって、ぱらぱらと音を立てている。

なあトダ、とぼくは古い友の名を心で言った。おまえは無邪気に真実を、それが何なのかもわからないまま知りたがっていた。それは人間の根源的な姿なのかもしれない。だが、真実を求めることが必ずしも正しいとは限らないのなら、いったい人はどうすればいいんだ。忘れてしまえばいいのか？　でも、どうやったって人は、真実を追いかけてしまう。それはおまえがよく知っているだろう。考えれば考えるほど、わからなくなる。なんだか嫌な感じがするんだ。おまえが連れていかれるときもおれはすごく嫌な感じがした。でもおれは何もできなかった。なぜあのとき助けようとしなかったのか。そりゃおまえの性格には辟易させられることが多かったし、仲間内からも嫌われていたが、間違いなくおれたちは友だちだったんだ。おれひとりが弁護したところで、抗《あらが》ったところで、無意味だったのかもしれない。だがそれはおまえを見捨ててよい理由にはなり得なかったはずだ。おれはやっぱり何かをするべきだったんだ。そして多分、今回だって。

急に誰かの声が聞きたくなった。最初に思い浮かんだのは亜梨沙だった。ぼくは携帯電話をとり出し、また彼女にかけた。永遠に近い五秒ののち彼女は電話に出た。自分から電話をかけておきながら亜梨沙が出たことに思いがけず焦ったのだけれど、それでもぼくらがいまのようなろくに会話もしない関係になってしまったのはきわめて不本意であること、もし誤解があるならそれを解きたいこと、そして一からやりなおしたいことを伝えた。亜梨沙は長いあいだ黙っていたが、やがて観念したような吐息をつき、いったいあれは何の冗談だったのと言った。きみの気持ちが知りたかったんだとぼくは答えた。だから彼女に協力してもらった。もちろん、彼女はぼくのセックスフレンドではない。というか、ぼくは勘違いしていたんだ。ネットで調べたんだけど、セックスフレンドがまさかあんな意味だとは知らなかった。ぼくと彼女は断じてそんなふしだらな関係じゃない。ちょっとした研究の関係で知り合いになった友だちなんだ、とつづけて白状する。

ぼくは不思議なほどさっぱりした気持ちだった。いまなら、あなたは未来人ではないのかと訊ねられれば、素直にはいと認めてしまうだろう。

そもそもなぜぼくは嘘をつくのだろう。ほんとうのことを隠して何か意味があるのか。嘘とか秘密とか、そういうものでつくられたぼくと亜梨沙の関係に、たとえ友情が芽生えたとしても、それを真実だと厚かましく肯定することがぼくにはやはりできそうにない。せめて亜梨沙とのあいだには不純なものをとり除いておきたかった。彼女は間違いなくぼくが最も心許せる二十一世紀人であるし、ある意味ではぼくにとっての二十一世紀の象徴だった。互いの心がそれほど近いわけでも、ましてや信頼で結ばれているわけでもないのだけれど、ぼくがこの時代で過ごしてきた日々を振り返れば、ぼくの足跡のそばには彼女の足跡が必ずあった。そのときは感じなくても、いまにして思えば彼女の存在を感じるのだ。なんだか馬鹿みたいにおかしくなった。なんで彼女なんだと思った。けれどそれが真実なんだから仕方がなかった。

「ねえ、聞いて欲しいことがあるんだけど」

「嫌よ」と亜梨沙は短く答えた。

「どうして？」ぼくは戸惑いをあらわにした。

「いまのカズマくんは弱っているから。そういうときに感情の迷いは起きるの。ほんとうに大切なことなら、いまは何も言わないで。あなたが回復して、すっかりよくなったとき、それでも話したいと思うのなら話して」

「わかった」

「やけに素直ね」

「反省しているんだよ」と言ってからなんだかふいに照れくさくなってぼくは話題を

変えた。立花姉妹のことを話した。そして、どうしたらいいと思うと訊ねた。

「どうもこうも、どうせあなたのなかで結論は出ているのでしょう。なら、わたしに言えるのは、やるべきことをやるべきよ。それだけ。べつに突き放しているわけじゃないのよ。わたしはね、やるべきことをやっていれば、どんなことでもきっとうまくいくと思うの。世のなかってたぶんそういうふうにできているから」

「楽観的なんだね」

「そう？　ちっともそんなふうには思わないわ。むしろ、きびしいことを言っているんじゃないの。うまく言えないのだけれど、つまり、あなたはいま気楽？　そうじゃないでしょう。居直ってはいるかもしれない。でもそれは決定的に楽観的とは異なるし、ましてや悲観的でもない。この感じかたは知っているつもりよ。でも、ああ、何て言えばいいんだろう。とってももどかしい。素直に気持ちを伝えようとしてもこんなにも苦労するのだから、嘘や秘密を抱えていたらきっと何も伝えられないわ。伝えた気分、伝わった気分、そういうむなしさが重ねられるだけよ。たぶんね」

「ありがとう。参考になったよ。やるだけやってみるさ」

「ねえ、ひとりでやるつもり？」

「手伝ってくれるの？」

「もちろん。あなたにはずっと世話になっていたからね。その恩返しよ」

それからぼくはとりとめのない話をして、電話を切った。傘をさしていたのに服は雨を吸って重くなっていて、また、とても冷たかった。風邪を引いてしまう。ぼくは一直線につづく外灯の光に沿って歩き出す。早く帰って、身体を温めてよく眠ろう。週が明ければまた銀行の忙しい日々がはじまるのだから。


社用車から降りてぼくは傘をさした。分厚い雲が空を覆っていて、音もなく雨が降っている。あたりはやや薄暗い。そこいらにある家にも電気が灯っておらず、この住宅街全体は馬鹿に静かだった。人とは違って、住宅街は平日の昼間に眠るのだ。

庭つきの一軒家から航さんが出てきた。傘を持っていない片方の手をポケットに突っ込み、不機嫌そうな顔でぼくのもとに戻ってくる。

「会ってくれるそうだ。仕事も今日は休みらしい」

「それはよかった」

「課長にはどんな言い訳をして出てきたんだ？」と航さんが訊ねてくるので、渉外業務を担当していたときに知り合ったお客さんから呼び出しがあったと課長に説明して、店から出る許可をもらったのだと答えた。ふうん、と自分から訊いておいて彼は気のない返事を寄越す。ぼくは少し笑ってしまった。

「それにしても、航さんには助けられてばかりですよ。ここの住所だって、本社にいたときのツテを頼って調べてくれたんでしょう」

「ああ、そうだ。まったく、ここ数日散々こき使いやがって。これじゃあおまえに押しつけた意味がない」

「つまり、かわいい後輩に仕事を押しつけてはいけないってことですよ」

「憶えておこう」

航さんは胸ポケットから小さく折られた証書のコピーを抜きとり、ぼくに返した。それは脳チップ内の画像データをプリントアウトしたものだ。航さんには事情を説明する際にこっそり渡し、そして彼の意見も聞いていた。何の意見かというと、それは筆跡の違いだ。ぼくは自分自身の希望的観測からひとつの推理を組み立てていた。

「見せたんですか」と訊ねると、航さんは首を振った。

「見せるまでもなかった。姉妹の名前を出したら、それで全部を悟った様子だった。そのコピーはおまえがきちんと処分しておけ。その辺のゴミ箱なんかに捨てるなよ。個人情報を雑に扱ったら、それだけで面倒なことになるんだから」

「やっぱり、憶える気がないんでしょう。またこうしてぼくに仕事を押しつける」

「うるさいなあ。おれはな、自分自身で不可解に思うほど、おまえを手伝ってやっているんだぞ。なんでここまでするのか自分でもさっぱりわからん。そんな葛藤に苦しみながらも、おまえにあっちに行けと言われればその通りに、こっちに行けと言われればその通りに動いてきた。おまえはむしろ感動するべきだ。むせび泣きながら、これくらいの仕事はわたくしにお任せをと言って、おれのご機嫌とりをするべきなんだ。そうだろう？」

「はいはい。一緒に来ますか」

「誰が行くか。おれは車で待っている。あとはおまえたちでけりをつけろ」

ぼくは大げさにため息をついてから、後部座席のドアを開ける。車内にいた亜梨沙がぼくに視線を向けた。

「行けるって？」

「うん」と答えてから、ぼくは亜梨沙の奥にいる立花直美と純子の姉妹を見た。緊張しているのか純子の顔はこわばっている。一方、姉の直美はもうどうにでもなれといった投げやりな表情を浮かべていた。ぼくは咳払いをひとつして言った。

「それじゃあ、行きましょうか。大前さんがすべて話してくれるそうです」

大前潔は依願退職している。何十年も働き、支店長まで昇りつめた人物が定年ではなく依願退職という形で銀行を去るのはきわめて不可解だ。航さんはその辺の事情も調べてくれた。大前には、定期預金を装って偽りの証書を交付し、立花姉妹の母寿子から金を詐取した疑いがあるが、実は同様の手口でほかにも数十件の顧客から訴えられ、その結果、銀行内で居場所を失って退職したらしい。また、噂によると退職金だけでは返済できず、老後のために貯めておいた預金をすべて充ててもなお足りず、自宅を抵当に入れて借金し、老体に鞭打《むちう》って警備員の仕事をしているそうだ。まさに転落人生だと言える。みらい銀行はすべて大前の個人的な貸借つまり彼が個人的に顧客から金を借りたに過ぎないと判断し、弁済などはしなかったようだ。

「自業自得さ」というのが航さんの感想だった。眼に見える事実だけを並べればたしかにそう言える。けれどぼくにはそれらの事実の奥に隠された真実が潜んでいるように思えてならない。ぼくはそれを明らかにしたかった。

「わたしもほんとうのことが知りたいです」

純子のもとを訪れ、遺産についてすべて知っている人がいると伝えてから、その人に会ってみたいかと訊ねると、彼女はそう答えた。一緒にいた直美は、彼女としては当然の反応になるのだろうが、余計な真似をするなと声を荒らげ、ぼくと亜梨沙を追い返そうとした。すると、姉のこの行為が真実を隠蔽しようとする行為に思えたらしく、揉めるぼくたちのあいだに純子は割って入り、激しい口調で抗議した。

「どうしてわたしだけのけ者なの。これは、わたしたち家族の問題なのよ」

「あんたは知らなくていい。知らないほうが幸せなの」

「それはわたしが決める。姉さんに決められるものじゃない」

ふたりの言い争いは激しくなる。またつかみ合いの喧嘩でもはじめられたらたまったものではない。今度はぼくが姉妹のあいだに割って入り、これ以上ことが荒立たないように両者をなだめる。やがて姉妹が落ち着きをとり戻すと、ぼくは直美に向かって言った。

「ねえ直美さん、あなたが善意から秘密を守ろうとしているのはわかります。でも、ぼくは思うんですけど、知らないほうがいいことなんてきっと世のなかにはありませんよ。そりゃあ、真実を知って苦しんだり、混乱したりすることももちろんあるでしょうが、それもその人にとっては必要な経験で、ちゃんと向き合わなくちゃいけないものなんです。あなたの嘘はその機会を、純子さんだけでなくあなた自身からも奪っている」

「妹の肩を持つのね」と忌々しそうに直美が言う。するとふいに亜梨沙が横から口を挟んだ。

「そうでしょうか。彼は純子さんではなく、たぶん、あなたの肩を持っているんだと思いますよ。嘘はいつか明らかになります。隠しきれるとはあなただって思っていないんでしょう。なら、その未来から眼を背けちゃだめですよ」

「それじゃあ、すっかりほんとうのことを言ってあげましょうか！」

かっと頭に血が上った様子で直美はそう言い、そしていったい何の話をしているのかわからないといった表情を浮かべる純子を見た。緊張感に包まれた沈黙がつづく。しかし直美は疲労感に充ちたため息をつくと、何も言わずに部屋に戻り、例の証書の束を持ってきて純子に渡した。

「あんたのためになると思って隠してきたのだけれど、ほんとうは、わたしのためだったのかもね。これでもわたしはあんたのことを大切に思っているの。失いたくないとも。人との関係なんて、ちょっとしたことから崩れてしまうものでしょう？　それにわたしは好き勝手やってきたから、あんたに多くの迷惑をかけただろうし……怖かったのね。自信がなかったのよ。母さんも、もしかしたら、同じ気持ちだったのかもしれない」

「母さんも？」

「あとはそこに書いてある大前って男に訊いて。わたしはもう疲れたわ。大前に責任をとるつもりがあるのなら、きっと全部話してくれるんじゃないかしら。そうじゃないと最低よ」

それっきり直美は口をかたく閉ざしてしまった。ぼくと亜梨沙はふたりを社用車に乗せ、航さんの運転で大前の家に向かった。そのあいだも、直美はむっつり黙っていた。

他人の眼からすれば、たとえばとなりで運転する航さんには、ぼくのやっていることは親切の押し売りに見えるかもしれない。あるいは、自己満足的な善意の押しつけ。その意味ではぼくと直美とに大きな違いはないだろう。つまるところこれは選択の問題なのだ。ぼくは秘密に従うのではなく、それに逆らう道を選んだ。いびつになった姉妹の関係をもとに戻したいと純粋に思ったのだ。もし解決というものがあるのなら、きっとそれが唯一の解決方法のはずで、それができる仕事をいまぼくは任されているのだから、ひとりの銀行員として最後まで誠実に寄り添い、やるべきことをやっていかねばならない。そう思ったのだ。少なくともぼくは自分の手の届く範囲にある責任を、遠ざけたり、放り出したりしたくはなかった。

そしてぼくらはいま大前と向かい合っている。

案内されたリビングはひろさの割に物が置かれておらず、がらんとしている。テレビすらなかった。くたびれたソファーが窓際で居心地悪そうにしていて、そこに座る白髪の大前は余計に老いて見えた。かつて支店長だった威厳はどこにもなく、目尻の皺にはむしろ人のよさそうな、あるいは気弱な印象があった。

直美と純子の姉妹はふたりがけのソファーに腰かけ、ブリキのやや大きな箱が置かれたローテーブルを挟んで老いさらばえた元支店長を正面から見つめていた。ぼくと亜梨沙はごわごわとしたカーペットの上でセイザし（ぼくのセイザがきわめて不出来だったのに対して、亜梨沙のセイザはとてもきれいだった）、ことのなりゆきを見守る。

大前はちらちらと窺うように純子へ視線を送りはするものの、自分がほんとうの父親だと言い出す様子はなかった。あくまでも他人を装っている。そらとぼけるつもりなのだろう。実際彼は、証書の件でお話があるそうですねといかにも白々しい口調で言った。ところが意外だったのは、彼が、寿子さんは元気ですかと訊いてきたことだった。長いこと会っていないが、いまはどうしているのかと。

「死んだわよ。あんたに騙されたまま」

と直美が冷たい声で言うと、大前は動揺を見せた。瞳は揺れ、表情はこわばり、言葉が出てこないのか口をあんぐりと開けたまま何も言わない。彼は姉妹の母が亡くなったことを知らなかったようだ。

「ああ、いや……」大前はようやくわれに返り、しかし声を震わせながら言った。「そうですか、亡くなった……亡くなったのか、寿子さんが」

「時間が必要ですか」とぼくが訊ねた瞬間、直美は不愉快そうに顔をしかめた。

「もっともらしくかなしんでみせなくたっていいわよ。それより、さっさと済ませましょう」

バッグから証書の束をとり出し、直美はローテーブルの上に置いた。大前の眉が反射的にぴくっと動いた。

「わたしが渡した証書ですね」と大前は低い声で言った。

「あの、すみません。わたしにはわからないことだらけで……えっと、証書でしたっけ。これはいったい何なんですか。母の遺産はどうなっているんです。あなたがすべてを知っていると言われたのですけど、どうしてあなたがすべてを知っているんですか。母とはどういった関係だったんでしょう」

と矢継ぎ早に純子は訊ねた。すると彼は逡巡《しゅんじゅん》するような表情を一瞬浮かべたが、すぐに本心を偽るかのような表情のない仮面をかぶってローテーブルに置かれてあったブリキの箱を開ける。そこには百万円の札束が六つと、皺だらけの一万円札が数十枚入っていた。

「元本と払えるだけの利息です」

「母の遺産なんですか」と純子は眼鏡を押し上げ、不可解そうに訊き返す。すると大前はぼくや直美の顔を見てから、すべてをお話ししますと言って、痩せ衰えた身体を萎縮させ、さらに伏し眼になって滔々《とうとう》と語り出した。その姿は裁判にかけられた罪人を連想させた。

「わたしは愚かな人間なんです。博打《ばくち》や株にのめり込んで、とても自分の給料だけでは払いきれない借金を抱えてしまったんですよ。借金を返すために、またべつの消費者金融から金を借り、その返済のためにさらに違うところから金を借り……典型的な多重債務者でした。膨れあがってゆく借金にいよいよ首が回らなくなると、わたしは、銀行員としてあるまじき行為ですが、顧客からお金を騙しとってそれを借金の返済に充てたのです。これは詐欺じゃない、借りているだけなんだと自分に言い訳をしながらね。救いようのない愚か者です」

大前は証書の束から一枚抜きとると、それをしげしげと眺めた。

「やりかたは簡単です。支店長の裁量で利率を決められる特別な定期がある。支店ごとに枠が決まっているから、申し込めるチャンスはいましかない。またこれはあなたのような優良顧客だけが申し込める定期なので、ほかのお客さんには内緒にしていて欲しい。そんなふうに持ちかけて、お客さんから金を受けとったんです。わたしは当時渉外部にいて、この地域にはそれなりに顔が知られていましたので、こんな偽物の証書でも誰も疑わなかった。わたしの嘘をけなげに信じ、秘密を守った。わたしは次から次へとお客さんを騙し、集めた金でどうにか借金を完済した。しかし、当たり前のことですが、それですべてが終わるわけではない。わたしはあくまでも定期預金としてお客さんから金を受けとったので、一定期間がたてば高額な利子をつけてそれを返済しないといけない。要するに、返済相手が消費者金融からお客さんに変わっただけで、わたしは一歩も地獄から抜け出せていなかったのです。ときには急に解約したいと言ってくる人もいました。わたしに手持ちの金などありませんので、もうしばらく預けないと損をするとか何とか言って説得を試みるのがつねでしたが、どうしても応じてもらえないときは、べつのお客さんを騙して金を用意し、それを解約金として渡したのです」

「寿子さんからも同じ手口で？」とぼくは訊ねた。大前は静かに肯いた。

「職場の後輩に立花美津夫《みつお》という男がいました。顔もハンサムで、口もうまく、渉外部の期待の新人でしてね、わたしは美津夫を目にかけていたんです。職場だけの関係ではなく、個人的なつき合いも深めていきました。休日は一緒にゴルフに行ったり、家に呼ばれてごちそうを振る舞ってもらったり。もちろん、美津夫は料理なんてしません。彼の奥さんである寿子さんがつくってくれました。当時の寿子さんは、産まれて間もない直美さんの面倒を看《み》るのに手一杯のはずだったんですが、美津夫に連れられて急にお邪魔しても嫌な顔ひとつせず、いつも温かく迎えてくれました。ほんとうにいい人でした。自分も結婚するなら、こういう人がいいなと思いましたよ。まあ結局、この年齢になっても独身を貫いているわけなんですが」

「よく言うわよ」と直美がうんざりした様子で言った。その言葉は当然大前の耳にも入っただろうが、彼はそれについては何も答えず、ただ寂しそうに微笑んでから話のつづきを喋った。

「もとよりわたしにはそういった資格などなかったのでしょう。わたしは鬼畜なんです。美津夫が事故で死んだときも……あいつはちょっと常識が通じないところがあって、酒でへべれけになっても平気で車を運転することがよくありましてね、それが原因で事故死してしまうのですが、まあ不幸にも夫を喪《うしな》って憔悴する寿子さんにわたしは近づき、あろうことか彼女からも金を騙しとってしまったのです。お子さんのためにも金はしっかり貯めておいたほうがよい。自分が特別な定期を用意するから、ぜひ申し込んで欲しい。そんなことを言ったと思います。寿子さんは同意してくれて、子供の将来のためならばとせっせと毎日働き、贅沢とは真反対の生活に身を置いてなんとか金を捻出し、定期的にわたしのもとを訪れて預けていきました。ほんとうなら、改心すべき場面だったのでしょう。でもわたしは何とも思いませんでした。思えなくなっていたのです。金は人の心をむしばむ。たぶん、そういうことなんだと思います」

しかしふいに大前は首を振った。「いや、金のせいではない。金を扱うわたしの良心に問題があったんです。わたしの人格は破綻しているんですよ。だからその後も平気で詐欺行為をつづけたんです。仕事は表面上うまくいっていたので、どうにか支店長にもなれた。けれど、わたしに幸福な結末など用意されるわけがない。何年も詐欺行為をつづけているうちに、わたしに騙されたお客さんの数は膨れあがり、自分だけではとても管理できなくなったんです。満期を迎えたからお金を下ろしたいと方々から求められ、もうにっちもさっちもいかなくなった。だからわたしは、銀行を辞めることにしたんです。銀行を辞めれば退職金が出る。それを返済に充てようと思ったのです。けれど、それだけでは足りなかった。なけなしの貯金をはたいても、金になりそうなものをすべて売ってもまだ足りず、結局ね、ほんとうに馬鹿馬鹿しい話なんですが、わたしはまた消費者金融から金を借りて、ようやく全額返済できたんです。ああ、全額ではありませんね、一件だけまだ返済できていなかった」

大前はソファーから立ち上がると床の上でセイザし、深々と頭を下げた。

「金を返せばそれで済むとは思っていませんが、いまのわたしにできることはこれだけしかありません。大変申し訳ありませんでした」

「何なのよ、それ」と呆れた顔で直美が言う。「べらべら喋ってくれてご苦労なことだけど、そんなことを聞くためにわたしたちがここに来たと本気で思っているの。わかるでしょう。どうしてまだ隠そうとするのよ」

「すべてお話しした通りです」

「それが嘘だって言っているのよ！」

直美は気色ばんで立ち上がると、札束を乱暴につかみ、なおも頭を下げつづける大前に投げつけた。

「お金を返されたから何なの？　謝られたから何なの？　泣いてあんたを許せとでも言うの？　ふざけないで。あんたは反省しているふりだけで、その責任からは必死に逃げているのよ。だからほんとうに言わなくちゃいけないことは何にも言わない。最低よ。もうつき合いきれないわ」

そして直美は純子の腕をつかみ、帰るわよと言った。戸惑う純子は、でもと言って大前に視線を送るのだが、直美はあえてそれを無視した。

「ミヤモトさん、あんたの言う通りにした結果がこれよ。もうわかったでしょう。あんたは余計なことをせず、与えられた仕事だけをしていればよかったのよ。銀行員なんかにはどうせ何もできないんだから」

「結論を出すのは、もう少しあとにしてもらえませんか」

とぼくは言って、大前の横でしゃがんだ。彼はぴくりとも動かず、額を床にこすりつけている。

「話を聞いていて疑問に思ったのですけど、大前さん、どうしてあなたは律儀に返済をつづけるのですか。ほんとうの人格破綻者なら、きっとお金なんて返さずに逃げちゃうと思うんです」

「反省したからです」

「いや、お話のなかのあなたに、そんな機会はなかったと思うんです。唯一改心する機会があったとすれば、それは寿子さんとのふれあいです。彼女のやさしさに触れて、こんなことをつづけていてはいけないという気持ちにいたったのならよくわかるんですけど、あなたは何も思わなかったと言う。夫を亡くしたばかりの寿子さんからお金をふんだくるなんて、とんでもないことですよ。そういうことを平気でする人は、きっと反省なんてしないと思うんです。百歩譲って反省したとしても、退職金を使ってまで返済するでしょうか。しかもそれだけでは足りなくて、また消費者金融からお金を借りたんですよね。同じ人間がした行動とはとても思えない。まるであなたのなかに非情な人間と誠実な人間が混在しているようだ」

大前ははっと身を起こし、ぼくをまじまじと見つめた。たぶん彼は、ぼくが何を言おうとしているのか気づいたのだろう。

「ねえ大前さん、あなたは大事《おおごと》にしたくなかったんですよね。少なくとも銀行から調査される事態は避けたかった。あなたは証書に自分の名前を書けば、銀行がろくに調査もせず責任を押しつけてくることを知っていたんだ。だからあなたは銀行名しか書かれていなかった証書に、わざわざ自分の名前を書いて回った。違いますか」

「何の根拠があって？」

はじめて大前の表情に険しさが宿った。ぼくは証書を一枚とり、彼の名前が書かれたところを指し示した。

「みらい銀行高幡支店という文字とあなたの名前とで筆跡が異なります。しかも、支店名が中心に書かれているから、あなたの署名が枠からはみ出ている。いくら偽の証書とはいえ、こんな雑な書きかたをすればお客さんはあやしむ。となれば、最初は支店名しか書かれていなくて、あとからあなたの名前を書き加えたと考えるのが自然だ」

「たまたまそうなっただけでしょう」

「そうなの？」とぼくは大前ではなく亜梨沙に訊ねる。むろん、答えを知った上での質問だ。亜梨沙は首を振って答えた。

「あの人……航さんが言うには、随分前に本社宛に何本か苦情の電話があったそうよ。自分が預けた特別な定期はどうなったのかという内容の。本社はそのお客さんの住所や名前をひかえていた。まあひかえるだけで何もしなかったらしいんだけど、とにかくその情報をもらって会ってきたわ。いかにもお金持ちって感じのご婦人だったわ、心当たりありますか。あちらさんはあなたのことをよく憶えていましたよ。担当が変わったと言って自分の名前を書きにきた人だって。苦情の電話をかけた数日後にその人からお金を返してもらった、苦情を言わないと仕事がきちんとできないなんてたるんでいるんじゃないのかって怒られましたよ。まったく、なんでわたしが怒られることになるのかなあ。一緒にいた航さんはどっかに行っちゃうし。ほんと、嫌な人よ。もうあの人とは金輪際行動をともにしたくないわ」

「落ち着いて。お客さんの前だよ」とぼくは静かに注意した。「それで、証書はどうだった？」

「その証書とまったく同じだったわ。ほかにも探して回れば、まったく同じものがぼろぼろと出てくるんじゃないの」

「それはやめてくれ！」と発作的に大前は叫んだが、すぐにわれに返り、口もとを手で隠す。「いや……もう終わったことじゃないか。蒸し返さなくていいだろう」

「蒸し返されると困るんですよね、あなたが誰をかばっているのかばれてしまうから」

「かばう？」眉間に皺を寄せて直美が訊ねる。

「ええ。大前さんはある人をかばうために、証書に自分の名前を書いて回ったのです。これは憶測ではありませんよ。そのときの話も詳しく聞いていますから。ぼくから説明することももちろんできますが、でも大前さん、ほんとうのことはやっぱりあなたから話したほうがいいと思うんです」

ぼくたちは大前をじっと凝視し、彼の言葉を待った。彼は迷うように眼を泳がせ、その痩せこけた頰には冷や汗が流れる。沈黙の時間がつづくと、やがて純子が重たい口を開いた。

「わたし、何にも知らないから、姉が遺産を盗んだって疑っていたんですよ。もしあのまますべて隠されていたら、わたしは誤解を修正する手段がなかった。きっと姉妹の関係はだめになっていたはずです。たぶんですけど、大前さん、嘘の何がいけないって個人の真実を変えてしまうところがいけないと思うんです。よかれと思ってやさしい嘘をついても、個人の真実は変わってしまう。そうなると、真実と個人の真実とで摩擦が起き、嘘をつく前よりひどい状況になってしまう。そういうことだってあるんです」

「わたしが真実を言わないからあなたがたを苦しめていると？」と大前は訊いた。

「苦しめられているのかはわかりませんけど、ただ、とても窮屈です。真実を知ることが不幸になるからといって、その機会をことごとく奪われ、安易な嘘でぐるっと包囲されてしまうと、なんていうか、もうどこにも行けないじゃないですか。ほんとうならもっと先にあったはずの限界を、ごく近くに置いてしまうような……あるいは、鳥かごのなかのあわれな鳥に、そこが世界のすべてだと教えるような、そういう性質の嘘をあなたは結果的についてしまっているんです。わたしの言っていること、わかりますか」

　そして純子は最後に、大前の背中を押すようにこう言った。

「もしわかってくれるのなら、ほんとうのことを話してください」

　大前は何とも言えぬ表情で純子を見つめたあと、観念したように息を吐いた。そして唇をわずかに震わせながら、「美津夫なんです」と曇天から雨がこぼれ落ちるように言う。「お客さんを騙していたのは、美津夫なんです」

　大前の言葉を聞いて姉妹の表情の上に驚愕《きょうがく》が走った。とりわけ姉の直美は衝撃が強かったらしく、ややつり上がったその大きな眼を裂けるほど見張ってかたまってしまう。その一方でなおも大前からは真実が堰《せき》を切って出てくる。

「わたしが気づいたのは、美津夫が亡くなったあとでした。寿子さんに証書を見せられて、これはどうしたらいいのかと訊かれたんです。わたしはすぐにそれが偽物だとわかりました。古典的な手口ですからね。けれど、わたしには美津夫がそんなことをするとは信じられなかった。そこでわたしは寿子さんから証書を預かって、色々と調べて回ったんです。そうすると、美津夫に借金があることがわかりました。銀行とか消費者金融とかとは違う、悪い連中から金を借りていたんです。つまり、美津夫は非合法の賭博をやっていたんですね。その返済のために、渉外部の顧客リストのなかから裕福な家庭を選んで、金を騙しとっていた。お客さん宅を訪問して美津夫から証書をもらわなかったかと訊ねれば、ええ、もらいました、これですと言って、ぼろぼろ出てきましたよ。自分の妻から騙しとらなければならないほど追いつめられていたわけなので、ある意味では当然と言えます。ほんとうのことを寿子さんに伝えるべきか迷いましたが、結局、真実を隠すことにしました。わたしが美津夫の罪を引き受けることにしたんです。わたしは証書に自分の名前を書いて回り、そしてこれからは自分が担当すると伝えました。解約を申し出られたら自分の預金を下ろして支払いましたが、このままでは到底追いつかないと思いました。ひとまずわたしは消費者金融から金を借りて、美津夫の借金を支払いました。それから毎日残業して必死に働き、出世して給料を上げてもらいました。支店トップの営業成績をたたき出してボーナスをはずんでもらいました。そうやって貯めた金で、お客さんから騙しとった金と借金を適宜支払っていきました。けれど、あるとき、新聞で銀行員の犯罪が報じられたのです。それは預金ではなく投資信託でしたが、まあ同じように偽の証書を交付して金を騙しとっていたのです。その報道を知った何人ものお客さんが、あんたの証書はほんとうなんだろうねと、疑わしいから解約したいと同時に言ってきた。さすがにわたしの返済能力を超えていました。だからわたしは退職金目的で銀行を辞めたのです。そうやってなんとか工面した金で滞っていた支払を済ませました。寿子さんにも早くお金を渡しにいかねばならないと思っていたのですが、どうしてもその勇気が出なくて、金を保管したままずるずると今日まで来てしまったのです」

するとと純子はよくわからないといった表情で首を振る。

「……なぜ、そこまでする必要が？　あなたは父や母を守るために自分の人生を捨てているではありませんか。そんなこと、普通はできませんよ」

「美津夫や寿子さんのためだけなら、もしかしたらできなかったかもしれません。けれどわが子とその姉のためならできるものです」

「わが子？」

「わたしがあなたのほんとうの父親なんです」

と大前は絞り出すような声で白状した。冗談だと思ったのか、または理解が追いつかないのか、純子は少し笑おうとした。しかし大前の真剣な眼ざしを見て、それを呑み込んだ。

「わたしは美津夫を亡くして憔悴する寿子さんを支えているうちに、彼女に対して愛情を抱くようになりました。彼女はわたしの気持ちに応えてくれて、新しい家族を築いていこうと誓い合いました。けれど寿子さんがわたしの子供、つまり純子さん、あなたを授かったときに、美津夫の証書を寿子さんから見せられたのです。もちろん、寿子さんを守る意味合いもありましたが、それ以上に子供たちの未来を守りたかった。加害者の子供として暗い未来を押しつけられるのなら、自分がそういった一切を引き受けようと思ったのです。だからわたしは寿子さんを捨てました。純子さんや直美さんとも関係を断ち、これまで一度も会わなかった。金のために近づいた悪人を装うためです。自分自身、ひどいことをしたと思います。けれどそうしなくては、真実が明るみに出るおそれがありましたので、わたしは心を鬼にしました。おかげで、この証書にまつわる責任はわたしだけのものとなり、美津夫がほんとうの犯人だとは誰も思わなくなった。それからのことは、すでに申し上げた通りです」

「わたしたち家族を守るために、自分が罪をかぶったってこと？」

やや啞然としながら直美が訊ねると、大前は力なく肯いた。気力が尽きたように大前は肩を落としていたのだが、ふいにその小さな肩がびくっと震えると、彼は涙をこぼしはじめた。自分でもなぜ泣くのかわからないようで、彼は必死に涙を拭いながら、おかしいな、どうして、どうしてと繰り返し言った。彼の涙が止まることはなかった。

「もしかしたら……」とぼくは口を開いた。「もしかしたら、寿子さんはあなたの嘘に図をわかっていたのかもしれません。しかし子供を守るために、あえてあなたの意のった。それは親としてある意味では最善の行いだったのかもしれませんが、たぶん寿子さんは後悔していたんだと思います。だからメモを遺《のこ》して、純子さんや直美さんに証書のことを伝えた」

「後悔？……わたしを恨めばよかったのに……なぜ……」

「たぶん、あなたのことを愛していたからだと思います。死が迫って、その気持ちに嘘をつくことが困難になったのでしょう。ねえ大前さん、あなたの嘘はやさしく、大切な人々を守るものでした。ですが、その人々が抱えるより大切なものをあなたは蔑《ないがし》ろにしていませんでしたか」

大前ははっと充血した眼でぼくを見つめた。やがて彼の顔はかなしみや憤り、後悔、さまざまな感情によって歪《ゆが》んだ。そして少しとり乱した様子で、

「あんたに……あんたに何がわかるんだ！」

と叫んでから、彼は額を床にこすりつけ、大声で泣いた。純子も直美もそんな彼を呆然と眺めながら、言葉を失ったように黙っていた。心のどこかでは期待していたかもしれない親子の感動の抱擁も、和解も、この場には生まれなかった。ただ悲哀に充ちた大前の咆哮《ほうこう》だけが響いている。

ぼくが声をかけようと一歩前にすすむと、後ろから肩に手をのせられた。亜梨沙だ

った。彼女は神妙な表情で首を振った。

「わたしたちの仕事はここまで。やるべきことはやったわ。あとは家族の問題よ」

「……ああ、そうだね。わかったよ」

後ろ髪を引かれる思いで、ぼくは亜梨沙とともに大前の家をあとにした。


それからのことをつけ加えておきたいと思う。

大前が真相を公表することはなかった。それが意地だったのか、いまさら公表したところで顧客にはすでに全額返済しているのだから余計な混乱を生むだけだという判断のもとでの選択だったのかはわからないが、いずれにせよ社会は表面上何の変化も見せなかった。しかしただ一点、変わったことがある。後日様子を見に大前のもとを訪れたとき、直美と純子の姿がそこにあったのだ。一緒に暮らしているわけではないようだが、時折こうやって大前のもとを訪れ、全員で夕食を食べるそうだ。大前の厚意でお相伴にあずかった。彼ら三人はぎこちなく、ぼくの眼から見ても家族とは言いがたいよそよそしさがあったが、拒絶の影はどこにも落ちていなかった。これからなんだとぼくは思った。彼らから何かがはじまってゆくような予感を覚えた。

「もう会うことはないかもね。そろそろ自分の家に戻るわ」

玄関で靴を履いていると、背後から直美がそう言った。ぼくは振り返って言った。

「でも、たまにはここに帰ってくるんでしょう」

「ええ、そうなるわ。放っておけないもの。まだまだ話さなくちゃいけないこともきっとあるだろうし……けど、もう銀行員の手を借りる必要はないわ。とくにあんたみたいな銀行員の手は」

「夏には定期のキャンペーンがはじまります。ぼくの手を借りる必要がなくとも、ぼくがあなたの手を借りたくなるかもしれない」

「そのために協力したっていうの？」と直美は笑った。

ぼくたちは最後に握手を交わした。彼女の温かな手のぬくもりは、帰りの電車のなかでもずっと残っていた。


そして、梅雨が明けた。

ホームのベンチに腰かけて、ぼくは待っていた。

雨のかわりに蟬《せみ》の鳴き声がなだれ込んでくる。空を覆っていた分厚い雲はなくなり、抜けるような青空である。熱気に充ちていた。線路の先の、踏切のあたりではかげろうのゆらめきが見える。太陽の光がうるさい。頭のなかに熱がこもる。自動販売機で買った冷たいスポーツ飲料を飲むと生き返る心地がした。

電車を一本見送った。空になったスポーツ飲料を鞄のなかにしまう。ちょうどそのとき、ひとり分の席を空けてリョータがベンチに座った。彼は周囲を窺ってから切り出す。

「大変だったみたいだな」

「そうだね」とぼくは肯いた。「大変だった」

「今度の定期船で一度未来に帰ってみるか。働きづめだろう。骨休めになるぞ」

「やめておくよ。ホームシックになるほどやわじゃないし、それに、この時代にいてもよく眠ることはできる」

「気に入ったのか、この時代が」

「まあまあだね」と言ってぼくらは見つめ合った。そして示し合わせたかのように同時に笑った。

「でも、案外悪い時代ではないのかもしれないと思っている。お金だってそうさ。もちろん悪い側面だってあるけど、それにまつわる様々なドラマや人の思いを見聞きしているとね、すべてが悪だとはとても思えないんだ。これはぼくにとって得がたい気づきだし、貴重な経験をさせてもらったと思っている。きみはどう？　いま、楽しい？」

「まあまあだな」さらさらの髪をかき上げて彼は答えた。

「まあまあですか」ぼくらはまた笑い合った。

アナウンスが響いた。そろそろ時間だった。ぼくはベンチから立ち上がる。

「ぼくたちの調査は、世界の謎みたいな大きなものを扱っていないし、学術的にはたいして意味がないのかもしれない。でもね、この時代に生きる人々とちゃんと向き合うことができる。それはすばらしいことだ。大変なことはたしかに多いけれど、ぼくはこれからも頑張ってみるよ」

電車がホームにやってきた。ぼくは白線に立って、ドアが開くのを待つ。すると、ほかに客がいるのにリョータが大きな声を出し、ぼくに向かって言った。

「おれもおまえと一緒にこれからも調査をつづけていきたいと思っている。おまえは優秀だ。自分では卑下しているが、決してほかの調査員より劣っていたりはしない。ほら、おまえの障子に関する論文、すごくよかったぜ。あれは誇っていい」

「そうだろう。自信作なんだ」

ぼくも二十一世紀の人々の眼を気にせずそう答え、そして親指を突き立てて電車に乗った。

大勢の人々が前に向かって歩いていた。ぼくもその流れのなか、いつもとは違う歩道を歩いて桜ヶ丘支店を目指している。違うといっても、道路を挟んだ向かい側の歩道がいつもの通り道だ。たいした違いはない。でもほんの少しだけ新鮮な心地だった。まだまだぼくにはわからないことがある。人類が二十一世紀で一度歴史を終わらせたこと、お金がなくなったこと、それらは謎として残っている。ぼくにできることは限られているし、実際にはそんなにたいしたことはできない。せいぜい銀行で働くことくらいだ。けれど、いまはそれでよいように思えた。ぼくはそのときどきで、たとえばいつもとは違う道へみんなを案内して馬鹿みたいに元気よく咲くひまわりを見て笑ったり、美しい黄金の陽光を昨日よりいっぱい浴びて悪い気を追い払ったり、そういうことをしてみたい。誰かが歩くのに疲れたら、特別なことは何もできないけれど、そばに寄り添って疲れを忘れるほど楽しいお喋《しゃべ》りをしよう。喧嘩が起きたら双方の言い分を聞いて、まあやっぱり特別なことはできないのだけれど、なにかもうどうでもよくなるような馬鹿騒ぎをしよう。そういうことをぼくの愛するこの二十一世紀で、この日々のなかで実践していこう。ぼくはそこに人の強さとはかなさと美しさと、そしてぼく自身にとっても挫《くじ》けそうなときにぎりぎりのところでぼくを支え、ぼくを励ます、そういう大切なものの根源を見出していた。

銀行が見えてきた。同時に、横断歩道のところに亜梨沙の姿を認めた。ぼくは、あっと思った。亜梨沙の名を叫んだが、彼女が気づく様子はない。ぼくは人混みをかき分けて走った。彼女の名を叫びつづけた。横断歩道を渡りきったところで彼女はぼくの声に気づいたのか、ふと振り返った。夏のきらめきのなかにいる彼女はとてもきれいだった。だが信号が赤になる。その途端、ぼくと彼女とのあいだを無数の車が走ってゆく。彼女はしっかりとぼくを見ていた。そして何かを言うのだけれど、声がまるで聞こえなかった。かげろうが揺れている。早く青になれと思った。ぼくは行くべき場所へ向かって出発しなくてはならない。たぶん、そこがぼくの現在なのだ。ぼくが存在するべきいまなのだ。どうしてかわからないけれどそう思う。そうであって欲しいと思っている。ぼくはまた彼女の名を呼んだ。それは声というよりぼくの内部から湧き出た何かたしかなものだった。

信号が青になった。それと同時にぼくは駆け出す。夏の匂いがした。

本書は書き下ろしです。

◇◇メディアワークス文庫

幸《しあわ》せは口座《こうざ》に預《あず》けることはできません

はみだし銀行員《ぎんこういん》の業務日誌《ぎょうむにっし》

高村《たかむら》 透《とおる》

2018年11月24日　初版発行

発行者　郡司 聡
発行　株式会社KADOKAWA
〒102 - 8177　東京都千代田区富士見2 - 13 - 3
0570 - 06 - 4008（ナビダイヤル）
装丁者　渡辺宏一（有限会社ニイナナニイゴオ）
印刷　旭印刷株式会社
製本　旭印刷株式会社

カスタマーサポート（アスキー・メディアワークス ブランド）
［電話］0570-06-4008（土日祝日を除く11時〜13時、14時〜17時）
［WEB］https://www.kadokawa.co.jp/（「お問い合わせ」へお進みください）
※製造不良品につきましては上記窓口にて承ります。
※記述・収録内容を超えるご質問にはお答えできない場合があります。
※サポートは日本国内に限らせていただきます。
※定価はカバーに表示してあります。

Printed in Japan
ISBN978-4-04-912046-2 C0193

メディアワークス文庫　http://mwbunko.com/

本書に対するご意見、ご感想をお寄せください。

あて先
〒102-8584　東京都千代田区富士見1-8-19
メディアワークス文庫編集部
「高村 透先生」係

メディアワークス文庫

発行●株式会社KADOKAWA